小学館文庫

いつでも母と

自宅でママを看取るまで

山口恵以子

小学館

はじめに

本書をお手にとって下さったあなた、ありがとうございます。もしかして私のことをご存じないかも知れませんので、簡単に紹介させて下さい。

私は東京タワーのできた一九五八（昭和三十三）年に東京の東の外れにある江戸川区で生まれ、育ちました。子供の頃から少女マンガが好きで、大学生の時はプロを目指しましたがうまく行かず、宝飾店の派遣店員をしながらシナリオ学校で学び、脚本家を目指しました。四十四歳の時、新聞販売店の社員食堂にパート採用され、以後「食堂のおばちゃん」として働きながら小説を書き続けたところ、五十五歳の時に松本清張賞を受賞して実質的な作家デビューを果たしました。

その間、三十半ばでお見合いを始めましたが四十三連敗、見事「行かず後家」となって今日に至っております。付け加えれば、ずっと実家住まいです。

私の母は一九二七（昭和二）年に千葉県に生まれ、育ちました。私の上には兄が二人いて、私は末っ子で、初めての女の子でした。そのせいもあるでしょうが、子供の頃から母は私に甘く、私も母親べったりで、有り体に言えば超の付くマザコンでした。そして母は私の夢（マンガ家、脚本家、作家）に賛同し、いつも応援してくれました。調べたら星座も血液型も四柱推命も相性抜群だったので、生まれつき「相棒」となる運命だったのでしょう。

大学四年の時、編集者にマンガ作品を見てもらったら「あまりにも絵が下手だ。諦めなさい」と言われました。母に報告すると「だから夢なんか追いかけてないで、ちゃんと就職を考えなさい」とは言わず「そいつはバカだ。あんたの才能を分かってない！」と怒りました。これで母が完全に親バカを通り越してバカ親だったことがお分かりでしょう。

でも、こんなおバカな母でいてくれたからこそ、私は六十年もずっと母を愛し、母と歩んでこられたのだと思います。

今年（二〇二〇年）、私は生まれて初めて母のいない正月を過ごしました。

正月の記憶は母とは切り離せません。つい最近まで、一般家庭が市販のおせち料理を買うことはほとんどなかったので、おせち作りは家事の集大成のような有り様で、どこの家庭でもお母さんは大忙しだったと思います。我が家もそうでした。普段は絶対に家事をしない父も、鰹節を削る役を引き受け（昔はパック入りの削り節などなく、箱形の削り器で鰹節を削っていました）、私は昆布巻きを巻くのや、煮《に》染《し》めのこんにゃくを手綱に縒《よ》るのを手伝いました。

幼い頃、我が家に家庭用のガス湯沸かし器が設置される前、お鍋の「お出汁」を洗面用のお湯と間違えて顔を洗ってしまったことがありました。お腹を壊しておせちを食べさせてもらえず、夜中にこっそり母の手製の水ようかんを指でほじって盗み食いしたこともありました。どちらの事件も我が家ではけっこう長い間「エコちゃんの〇〇事件」として笑いのタネになっていたものです。

私は母の作る料理の多くを習って受け継いだのですが、水ようかん（白インゲン豆を使って、ピンクと黄緑の二色を作ってくれた）だけは習わずに来てしまいました。今更ながらとても残念です。

昔のことを書き出すと、それこそ「汲《く》めども尽きぬ」状態になるので、この辺でやめておきます。

『いつでも母と』には、主に年を取って私に頼り切りになってからの母のことが書いてあります。一つ一つの事柄を〝トピックス〟として取り上げて行くと、いかにも大変な日々を送っていたような印象を持たれるかも知れません。でも、〝トピックス〟と〝トピックス〟の間には〝何でもない日〟というものがあり、それこそが私と母の生活の基調でした。つまらないことをしゃべり合い、つまらないことで笑い合った〝何でもない日〟が、私と母の絆です。そしてその絆は、母が亡くなった今も、これからも、私の記憶の中で続いていくような気がしています。

本書のタイトル『いつでも母と』は、そんな思いを込めて付けました。介護を体験した方や、現在介護中の方、大切な人との別れを経験した方にとって、この作品が少しでもお役に立てれば、あるいは何の役にも立たなかったけど「あまりのアホさ加減に思わず笑ってしまった」なら、大変幸せに思います。

もくじ

第1章 母を送れば

第2章　変わりゆく母と暮らして

第3章　介護と悔悟の日々

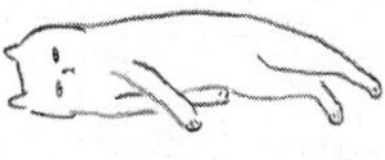

第4章 あとどれくらいの命

最終章 母を家で看取りました

イラスト　朝倉世界一
デザイン　小川恵子（瀬戸内デザイン）
写真提供　山口恵以子

第1章
母を送れば

ママ、ありがとう

二〇一九年一月十八日の午前六時三十五分、母・山口絢子《あやこ》は永眠した。九十二歳の誕生日を迎える五日前だった。

母の死は急逝ではない。およそ一年の準備期間を経て、ゆっくりと訪れた。母も、私も、その間に心の準備ができていたのだろう。母は終始穏やかだったし、私は自分でも意外なくらい平穏な気持ちで母の死を受け容れることができた。

この文章は一月十九日、母の死の翌日に書いている。デスクトップ型のパソコンを使っているので、執筆は自分の部屋で行う。二〇一八年の年末、母が自宅に戻ってからは、途中で何度も手を止めて、隣の母の部屋へ様子を見にいっていた。もうその必要はないのに、気が付けば手を止めて椅子から腰を浮かしかけている。

母はもうこの世にいない。私の理性はその事実を受け容れているが、感性は違う。まだ母が身近にいるような気がしてならない。

私と母はもう六十年も同じ屋根の下で暮らし、二人三脚でやってきた。住む場所があの世とこの世に分かれたとしても、私と母の二人三脚はこれからも続いて行く。そう思えてならない。

昨日は朝の五時半に目が覚めた。隣で眠る母の寝息が少し浅い気がした。二〇一八年十二月二十八日の退院以来、私は母の部屋で寝ている。介護ベッドを最下段まで下ろし、隣の床にマットを敷いて、ほとんど同じ高さで。だから母が夜中に目を覚ましてもすぐ気が付いて、手を握って耳元で「大丈夫。ここは家だよ。ママの部屋だよ。恵以子が隣にいるからね」と囁《ささや》いた。時にはしばらく同衾《どうきん》した。すると母は安心して、ふたたび眠りにつくのだった。

この日も起き上がって布団に手を入れた。母の手を握ると温かい。額《ひたい》に手を置き、髪の毛を撫でながら「そばにいるよ。安心して」と何度も囁いた。

だが、何となく、最期の瞬間が近づいているのが分かった。息づかいがこれまでと違っていたし、昨日まで時々右手を宙に伸ばすような動作をしていたのが、もうまったく動かさない。

そして、何と言っても母は、点滴を外して退院し、口からの栄養補給はまったくできない状態で、もう三週間過ごしているのだ。「しろひげ在宅診療所」の山中光茂先生の話では、通常保《も》って二週間だという。だから、すでにデッドラインを越えている。

「お母さんは必ず、苦しまずに安らかに旅立ちます。だからいざという時が来ても、あわてず、落ち着いて見守ってあげて下さい」

くり返し念押しされていたので、母に苦痛がないことは確信していた。だから、後は不安や恐怖に苛《さいな》まれないように、それだけを心掛けた。

亡くなるその瞬間まで、耳は聞こえているらしい。だから「大丈夫だよ。そばにいるからね。ずっと一緒だよ」と囁き続けた。

六時半を回った頃、母は「うーっ！」と一声呻《うめ》いた。

「どうしたの？　苦しいの？　大丈夫？」

私は母に頬を寄せて髪を撫で、声をかけた。しかし、母は反応を示さず、その後はまた元の呼吸に戻った。

その呼吸も、次第に間遠《まどお》になっていった。そして、五分ほどすると、息が止まった。しばらくそのまま待っていたが、ついに息は戻らなかった。私の手の中にある母の手は、まだ温かいのに。

「ママ、ありがとう。お疲れ様でした」

母にそう告げた時も、心は穏やかだった。取り乱すとか嘆き悲しむとか、そうはならなかった。

まず兄の部屋に行き「ママの息が止まったみたい」と告げると、寝ていた兄は布団をはねのけて飛び起きた。

私は自分の部屋に引き返して服を着替え、顔を洗ってから山中先生に電話した。先生は悔やみの言葉を述べた後、「一時間くらい後に伺います。ご家族で別れを惜しんで下さい」と仰った。

次に、今日訪問予定だった看護師さんの事務所に連絡した。もし朝九時の訪問予定が組まれていたら、早めに断らないと無駄足をさせてしまう。ところが当直の男性看護師の北さんは「すぐに伺います」と即答した。

「お下《しも》とか、きれいにしますよ。排便している可能性がありますから」

実は昨日も看護師さんがオムツ交換してくれた時、かなり大量に排便していた。一月四日に浣腸をして、退院前からたまっていた便はきれいに出ていたので、それ以後たまった便だった。「身体の中の老廃物を出してるんですね。明日も出るかも知れませんよ」という看護師さんの言葉を思い出し、訪問をお願いすることにした。

北さんは三十分で来てくれて、母の身体をきれいに洗ってくれた。やはり排便があったので、プロに来てもらってありがたかった。

「本当に、家族の方に看取られて、良いご最期でしたね」

「皆さんには大変良くしていただいて、母はとても喜んでいました。母はラッキーだったと思います。本当にありがとうございました」

「そう言っていただけると、嬉しいです。朝礼で、山口さんとご家族のことは、報告させていただきますので」

それから間もなく、山中先生が到着した。脈を測り、死亡を確認。

「この時間が死亡時刻となりますので、七時四〇分ご臨終と、診断書にはそう書かせていただきます」

そして深々と頭を下げて仰った。

「大変お見事なご最期でした。感服しております」

先生が帰ってから入間《いるま》市に住む次兄に電話した。次兄は「ああ……」と嘆息した後、午後に入間を出てこちらに向かう、と言った。

次兄は結婚後、婚家と養子縁組をして入間市の住民になった。江戸川区の我が家に来るには二時間前後かかるため、法事でもなければ母と会うのは年に一度か、多くても二度だった。

ところが二〇一八年九月に母が救急搬送されて入院して以来、毎週のように見舞いに訪れた。結婚以来、母子がこんなに頻繁に会ったことはない。母も次兄夫婦の来訪を喜んでいた。

午後、昨日来てくれた看護師の緒方さんが「近くに来たから、絢子さんのお顔を見たくて」と立ち寄ってくれた。昨日は緒方さんが山中先生に進言して下さり、母は導尿のバルーンを外し、管につながれない身体になって旅立つことができたのだ。遺体は午前中に葬儀社の霊安室に運ばれたため、無駄足をさせてしまったが、こういう看護師さんたちと出会えて、母は幸せだったとつくづく思う。

母は、老い衰えても母だった

母が旅立つ一週間ほど前、私は訃報の送り先を調べるために、書き物机の抽斗《ひきだし》に入っていた母の備忘録を取り出した。頁を開いたら、私が松本清張賞に応募した時に原稿を送った宅配便の伝票が挟んであった。

受賞連絡があった時、私は大喜びで母に報告した。しかし母は、はかばかしい返事もせず、ちょっと上の空のようでもあった。だからキチンと理解していないと思い込んでいた。それが宅配便の伝票を保存しておいてくれたと知って、涙が出そうになった。

その時から「可能な限り仕事は受けよう」と決心した。母は私が仕事で成功することを願ってくれた。それなら、仕事に精進することが母への孝養になる。そう信じることにした。

それで、この「女性セブン」の連載もお引き受けした。母はきっと喜んでいると思う。母のことを書いている私がいるのだから。

更に、その備忘録には「恵以子のお見合い記録」なる記述があって、見合いの日付と相手の名前と職業の他、「ハゲ」「ケチ」「詐欺」など、辛辣《しんらつ》な寸評が添えてあった。

私は三十代半ばでお見合いを始めたので、三十回を超えた頃には弱気になり、あまり気に入らないけど決めてしまおうかと思うこともあった。すると母は「断っちゃいな、あんな奴！」と、気合いを入れ直してくれた。

今、当時の母の書いたものを見ると、本当は母も私の結婚を望んでいなかったのではないかと、そんな気がする。


私は二〇一六年に「互助センター友の会」と契約していて、そこの葬祭部は年中無休、二十四時間対応してくれる。母が亡くなった日の朝、最後に連絡したのは葬儀社だった。十一時に伺うとのことだった。

葬儀社は寝台車と車一台、男性社員三名でやってきた。第一声は「ご葬儀の日ま

すか?」で、ご遺体は社の霊安室でお預かりしましょうか? それともご自宅で過ごされま

家で共に過ごしたいのは山々だったが、相手はすでに寝台車を用意してきている。いずれは運んでもらわなくてはならないのに、ここで無駄足をさせるのも申し訳ない気がした。迷ったが、葬儀社の霊安室に運んでもらうことにした。

これは大正解だった。何故なら、その日は葬儀の日取りを決めたのだが「実は今、セレモニーホールも火葬場も満杯で順番待ちでして……」。母の葬儀は、最短で翌週の土曜日だという。十八日に亡くなって、二十六日までお通夜もできないとは! 後日、霊柩車の運転手さんに聞いた話では、これはまだマシらしい。中には三週間も待たされた例があるとか。

「毎年、一月は多いんですよ。それに、正月三が日は火葬場、お休みですからね。ますます混むんですよ」と運転手さん。

続いて葬儀社の人は遠慮がちに切り出した。

「これはあくまでお勧めで、無理にと言うわけではありませんが……」

エンバーミング、つまり遺体の衛生保全処理をするかどうか、だった。土葬が主流の欧米では一般的に行われていて、簡単に言えば血液を抜いて防腐剤を注入する

措置だ。こうすればドライアイスで囲まなくても肌の色艶を保てるという。費用は十五万円。

私は前にエンバーミングについて聞いていたので、抵抗はなかった。それに、エンバーミングなしで遺体を一週間も保存するとなると、カチカチに冷凍するしかない。むしろその方がイヤだった。

「是非、お願いします」

遺体は明日の午後、エンバーミング用の施設に搬送され、二泊三日で月曜に葬儀社に戻ってくる。それ以降は十時から十七時まで、いつでも対面できるということだった。

「明日、係の者がお伺いして、ご葬儀の内容など、ご相談させていただきます」

葬儀社の人が引き揚げると、昼過ぎになっていた。ふと、旅立ちの衣装をどうしようかと思い至った。

母の部屋に行き、クローゼットを開けて抽斗の奥からスリップを取り出した。十五年ほど前、二人で日本橋髙島屋へ行って買ったものだ。母は突然「あれが欲しい！」と思い立つと、待てない性格だった。店員が勧めた品は三万円で、二人で腰を抜かしそうになり、やっと見付けたそれは一万円！　私の服と変わらない値段だった。ところが母はその後体重が増え、たった一年でキツくて着られなくなった。でも、この四ヶ月で母はすっかり痩《や》せてしまった。今ならユルユルだろう。次に取り出したのはエメラルドグリーンのロングドレス。私が松本清張賞を受賞した後、受賞パーティーに着る予定で買ったのだが、諸事情で母は出席できなくなり、タンスの肥やしとなっていた。

そして、亡くなった叔母がプレゼントしてくれた銀色のダンスシューズ。母は戦後のダンスブームを経験した世代で、六十代の時、江戸川区のダンスサークルに通ったことがある。

この三点セットがあれば旅立ちの衣装は完璧だ。

三時半に到着した次兄夫婦の車に同乗して、四人で江戸川区船堀の駅前にある葬儀社に行った。

対面用の小さな部屋で、母は白いベッドに寝かされていた。顔に掛かった白い布を取って頬に触れると、家では残っていたぬくもりは消え、すっかり冷たくなっていた。

「お義母《かあ》さん、お疲れ様でした」

合掌の後、次兄に続いて兄嫁も母の頬に触れた。母は彼女が好きだったが、この人も母を好いてくれたのだと、しみじみ思った。

対面室で時間を過ごし、葬儀社を出ると日が落ちかかっていた。

喫茶店に入り、宅配の伝票のことを話すと、次兄は大きく頷いた。

「受賞の知らせがあった日の夜、俺に電話掛けてきて『恵以子が松本清張賞を獲った！』って、すごい喜んでた。こっちは少し認知症の気があると思ってたから半信半疑だったけど、翌日の日経に記事が出てたから、ああ、ホントだったんだと……」

母は松本清張賞のことも、私がそれを受賞したことも、ちゃんと理解していた、そしてとても喜んでいたと、次兄はくり返した。

母がすっかり老い衰えてから、母親が自分の幼い子供のことを全て把握しているように、私も母の全てを把握していると思い込んでいた。

しかし、それはどうやら私の思い上がりだったらしい。母は、老い衰えても母だった。私が考えていたよりもずっと、私のことを想ってくれていたのだ。

寝たきりになり、死期が迫っても、手を握れば必ず握り返してくれたように。

家族葬の費用が高すぎやしないか

生前、母は常々「パパと同じお墓に入るのはイヤ！」、私と兄と三人で入れる墓に葬って欲しいと訴えていた。両親は大恋愛で結婚したが、母は徐々に父の無責任さと不実、母より自分の母親と妹たちを大事にする態度に愛想を尽かし、父の晩年には完全に嫌っていたのだが。祖父とは信頼関係が結ばれていて「人間としてはパパより好き」と言っていたのだ。私も折り合いの悪かった祖母と同じお墓に入れるのは気の毒だったので、同意した。

ついでに「でも、一人で入るのは寂しいから、エコちゃんが死ぬまでそばに置いといてね」……って、それじゃ墓なんか要らないでしょう。私が死んだら山口家の家系は絶えるんだから。でも、ま、しょうがないか。

母が亡くなった翌日、一月十九日土曜日の午後一時半に、葬儀社（互助センター友の会）の見積もり担当者二人が訪ねてきた。

三年前に私がこの会社と契約したのは、都営新宿線船堀駅の真ん前にセレモニーホールがあったからだ。

十九年前に亡くなった父の葬儀は、駅から徒歩五分のホールで行った。生憎《あいにく》梅雨のただ中で、通夜の夜は土砂降りになり、会葬の方たちにはお気の毒だった。母の時はこんなことがないようにと思っていたので、駅前の立地に一目惚れした。

見積もり担当者を前にして、私は開口一番に言った。

「菩提寺《ぼだいじ》はありますが、故人の遺志でそこには葬りません。だから菩提寺の住職にも連絡しません」

この件はその年の初め、次兄夫婦にも告げていた。菩提寺には父と祖父母、叔父が葬られているので、最初次兄は困惑したようだ。

「パパとお祖父ちゃんが可哀想だなあ」

「良いのよ、お祖母ちゃんと叔父さんがいるんだから」

結局「それがママの望みなら」と、最後は次兄も納得してくれた。

「この件は子供たち全員了承しておりますので、問題はありません」

「無宗教でなさる方もいらっしゃいますので、それはお客さまのご意向で。ただ、お経はどうなさいますか？　弊社と契約している各宗派のお寺から導師様をお呼びして、お通夜と告別式、二日間だけのお付き合いという形も取れますが」

読経がないと葬儀の格好が付かず、間が持てずに十五分くらいで終わってしまう場合もあるという。

「お経は上げてもらおう」

兄の希望もあり、菩提寺と同じ日蓮宗の導師を呼んでもらうことにした。戒名は付けず、俗名で葬儀を行うことも決めた。

導師の御礼は二十万円プラスお車代二万円。これは各社ほぼ一律らしい。そして御礼は葬儀代には含まれず、別に支払う。

いよいよ葬儀内容の相談に入った。

うちは家族葬を希望した。何故かというと、齢九十一の母には、家族以外に知り合いがほとんどいなくなってしまったからだ。幼馴染みも、女学校時代の同級生も亡くなり、祖父との関係で付き合いの深かった富山の親戚も、全て子供か孫の代に替わっていた。

昨年、母に頼まれて仲の良かった同級生の家に電話を掛けた。応対に出たのは相手の娘さんで「実は、母は認知症なんですよ」「うちもそうなんです」というわけで当人同士で会話を始めたが、まったく嚙み合わないで終わってしまった。

備忘録で調べた母の訃報の送り先は、四軒しか残っていなかった。しかも後日、郵送した四通の死亡通知のうち、二通が宛先不明で返ってきてしまった。

母は二人の子供に囲まれて暮らしていたから、寂しさを感じたことはなかったろうが、私はどうなるのだろう？　結婚もしていないし、子供もいない。母の年齢になった時、親しい人がみんな死んでいたら。

葬儀社と契約した時、祭壇の写真を何枚か見せられて説明を受け、私は一番安い三十二万円弱を選んだ。てっきりそれで葬儀費用が全部まかなえると早合点したのが大間違いだった。

「家族葬ですと……」

担当者はよどみなく、流れるように説明を始めた。寝棺・骨箱・遺影の額と背景のバリエーション等の説明に始まり、契約した祭壇の残金、湯灌《ゆかん》・花額・花壇・通夜振舞・告別式の会席膳などの費用が次々加算されて行く。

最終的に出た葬儀費用の見積もりは百五十三万六千八百四十九円だった。これに導師への御礼と雑費が加わると、二百万円にリーチが掛かる。

（そ、そんなバカなッ!?）

家族葬と言えば五十万〜百万円くらいと思っていたので、あまりのギャップに目眩《めまい》がしそうだった。これでも会員特典で約四十万円が割引（霊柩車・寝台車・寝棺・区役所への代行サービス等）になっているというが、百人近くが参列した父の葬儀費用と大差ないのはどうしてなの？

しかし、もう母のエンバーミングまで頼んでしまったので、今更「止《や》めます」とは言えない。穏やかならざる胸中を押し隠し「よろしくお願いします」と神妙に頭を下げた。担当者が引き揚げたのは三時半を過ぎた頃だった。

兄と二人きりになると、憤懣《ふんまん》やるかたない気持ちが爆発した。

「どうしてこんなに高いのよ！　金がなかったら死ねないじゃない！」

「駅前で立地が良いから、強気なんだよ」

「ママが聞いたら、怒って生き返っちゃうわよ！」

母は「お葬式は家族だけで質素に」と言っていたのに。

不意に、兄の経営していた整骨院で働いていた整体師さんがお母さんを亡くされた時、家族葬で弔《とむら》ったことを思い出した。

「H先生はいくら掛かったって言ってた?」

「六十万」

「ウッソー! 全然違うじゃない!」

今更どうにもならないが、母が元気なうちに葬儀について詳しく調べておくべきだったと思う。

試しにネットで検索してみたら、出るわ、出るわ、事前に詳しい見積もりを出してくれる会社とか、五十万〜六十万円で家族葬を行ってくれる会社が沢山あるじゃないの。比較検討すれば、予算に応じていくらでも都合の良い会社が選べるのだ。

後の祭りが口惜しくて堪らない。

読者の方も、私の体験を他山の石として、事前にしっかり情報収集して下さい。

葬儀は心の準備できまくりの中で

久しぶりに出した黒い革靴に足を入れた兄が「うッ」と顔をしかめた。キツいのだ。太ると足のサイズも大きくなる。

せっかく葬儀社でサイズの合う喪服をレンタルしてもらったのに、靴でつまずくとは不覚だった。

私も他人のことは言えない。通夜の前日、約二十年ぶりで引っ張り出した冬の喪服はバブル時代のデザインで、もの凄い肩パッド入り。まるで〝黒い笹かまぼこ〟で、とても着られない。

明日の朝、近所のイオンに駆け込んで買うしかないと諦めた時、三十五年前の祖父の葬儀に、母が上野松坂屋で和装の喪服セットを買ったことを思い出した。出してみると五つ紋の立派な着物だ。

「私、これで葬儀に出る！」

母はあの世に行っても私を助けてくれるらしい。それに、母の喪服で母の葬儀の喪主を務めるのも、私たち母子に相応《ふさわ》しいだろう。

結婚式はリハーサルができるが、葬儀はぶっつけ本番。だから悲喜こもごも、ハプニングがいっぱいだ。いざとなったら開き直るしかない。

✿

通夜は六時からだが、私と兄は三時半には葬儀社に入った。

まず係員に案内され、湯灌に立ち会った。式場に水槽が置かれ、三人の送り人さんが顔剃り、入浴、シャンプーのお世話をしてくれる。昔の湯灌のイメージとは違い、肌が見えないように茶色のバスタオルで身体を覆ってくれた。その心遣いがありがたかった。

式場の正面には祭壇が準備され、喪主と親族の他、各方面から贈られた生花が飾ってある。母の遺影は六十歳の時〝遺影用〟にポラロイド・カメラで撮影した写真から選んだ一枚で、スパンコールのドレスにラメのターバンで艶然と微笑んでいる。敢えて喪服仕様にはしなかった。

母は鼈甲《べっこう》のように、年齢と共に器量が上がってゆく質《たち》で、この時期は若い頃キツめだった顔が柔和になって、自分で「第二の黄金期」と称していた。それで「年取って小汚くなってからの写真は飾りたくない。撮るなら今よ！」と、遺影の撮影に臨んだのだった。

「宝塚の女優さんみたいですね」と言われて、母も本望だろう。

親族控え室に戻ると、会計担当者が訪れた。今日は内金百万円を支払い、残金は後日計算して請求される。

四時半に入間の次兄夫婦と兄嫁の母Fさん、続いて千葉の叔父が到着すると、係員が「納棺式のお支度が調《ととの》いました」と呼びに来た。

式場に降りると、母はきれいに化粧してエメラルドグリーンのドレスに身を包んだ姿で仰臥《ぎょうが》していた。銀色のダンスシューズも履いている。死に装束でなくて本当に良かったと思った。

全員で白布の端を持ち、遺体を棺に納めた。

その後、私と次兄夫婦が呼ばれて、生花の札の順番を決めた。私の方は出版社とミステリー同好会の友人、次兄は施設の職員、ロータリークラブ、提携する病院・医療関係者など。

ハッキリ言って、皆さん生前の母と面識はない。しかし、兄は花輪をどの順番で並べるかで苦慮している。結局、葬儀は死者のためというよりは、喪主とその関係者のためにあるのだろう。

我が家のような規模でも順番に気を遣わないといけないのだから、大掛かりな葬儀では喪主さんは気苦労なことだと思う。

我が家の場合、亡くなってから通夜まで十日間もあったので、心の準備はできまくりだった。すでに一段落してしまい、棺に取りすがって泣き崩れるような心境とは違っていた。

読経を聞いていると、昔、自宅で行った祖父母の葬儀が思い出された。風呂場にありったけの荷物を突っ込み、居間に白黒の幕を張り巡らして祭壇を飾り、家族は寝る場所もなくなって疲労困憊《こんぱい》した。そう言えば、葬儀の後に母と叔母たちが大喧嘩になってしまったのも、疲れていたからかも知れない。

導師を頼んでお経を上げてもらったのは正解だった。式の終わりの方に駆け付けて下さった方もいるので、読経無しで十五分で終わってしまったら、随分と失礼なことになっただろう。

通夜は無事に終わり、翌日は十時から告別式だった。

葬儀社の人には「一番良い時間ですよ」と言われた。それは火葬場に着くのが十一時半くらいなので、骨揚げを待ちながら昼食が取れるからだった。面白いことに他の飲食代は葬儀費用に含まれるのだが、火葬場の飲み物代だけはこの場で精算する。

一時間ほどで骨揚げの準備が整った。足下の骨から骨箱に収めてゆく。母の頭頂部の骨は、淡いピンク色に染まっていた。

私は喪主として通夜・告別式でそれぞれ挨拶させてもらったが、内容はおおむね左記に尽きる。

「母は急にではなく、一年の準備期間を設けて、苦しむことなく旅立ってくれました。そして子供孝行なことに、年末年始は避けてくれました。そのお陰で、私たち子供も嘆き悲しむことなく、ありがとう、お疲れ様という気持ちで見送れました。これも故人の人徳だと、子供バカかも知れませんが、そう思っています」

「松本清張賞を受賞するまでの私は、世間的に見れば〝ああはなりたくない人〟の見本でした。いい年をして夫はいない、子供はいない、カレシもいない、母はボケるし猫はDV。年ばかり取るのに賞は獲れない。でも、私は結構幸せで、出版される予定のない小説を書いておりました。もし、母が私の母親でなかったら、私はもっと不幸だったし、書き続けることができなかったかも知れません。母には感謝しかありません。これまでずっと二人三脚でやってきて、母がいなくなってガックリするかと思ったら、むしろ母は遠くに行ったのではなく、そばに付き添ってくれるのだと思いました。私たちはいつも一緒です。だから私はこれからも、母と二人、二人三脚で生きて行きます」

葬儀社の人が母の部屋に祭壇を設《しつら》えてくれ、母の遺骨を安置した。

美しい祭壇と生花、きれいな遺影を見ていると、当初の〝ぼられた感〟は跡形もなくなり、満足感だけが心に残った。

葬儀社のスムースな式の進行と行き届いた配慮。格調のあるお経を上げてくれた導師は人柄も練れていて、この方に来ていただいて本当に良かったと、素直に感謝する気持ちになれた。

考えてみれば、母の葬儀は〝家族葬〟ではなかった。家族葬なら家族以外の人に知らせてはいけないのだが、母の葬儀では兄の仕事関係や友人関係から、かなりのお香典を頂戴している。それなら、みすぼらしい式を出すわけに行かない。今回の葬儀は、規模は小さいがそれなりに立派な式だったと思う。

喪主として母の葬儀を立派に出せて、今は心から安堵している。

ママ、事件です！私、振り込め詐欺に

帰宅するやいなや、コートも脱がずに階段を二階へ駆け上がり、私は母の部屋に飛び込んで、遺影の前にへなへなと座り込んだ。

「ママ〜、大変！　私、振り込め詐欺に遭《あ》いそうになっちゃった！」

ラベンダー色の額に囲まれた遺影は黙って微笑んだままだが、私には「ええっ⁉　ど、どうしたの？」と仰《の》け反《ぞ》りそうなほどビックリ仰天する母の姿が瞼《まぶた》に浮かんだ。

「もう、危機一髪だったよ。きっと、ママが守ってくれたんだね。ありがとう、助かったよ」

遺影を手に取り、私は事件の一部始終を思い返した。

葬儀を終えた一週間後、二月四日月曜日の夕方、電話が掛かってきた。

「江戸川区役所健康局保険金課のXと申しますが、山口恵以子さんですか？」もの柔らかで親切そうな話し方をする男性だった。「はい」と答えると「山口さんには平成二十五年度から二十九年度にかけての高額医療費の払戻金が二万一千六百円ございまして、昨年、そのご案内をお送りしたのですが、お返事がありません。書類は届いておりますでしょうか？」

正直、まるで記憶になかった。二〇一八年は母の健康状態が激変した年で、そちらに気を取られて失念したのかも知れない。

「実は手続きの期限が先月末になっておりまして……」

「申し訳ありません。こちらの不注意です」

「期限を過ぎてしまった方には、特例としてこのお電話で手続きの代行をさせていただきます」

「ご親切に、ありがとうございます」

その後、本人確認のために生年月日と、普段利用している銀行名を訊《き》かれた。

「明朝十時にM銀行のサービスセンターから連絡があります。その際、通帳と印鑑、キャッシュカード、身分証をご用意下さい」

役所がこちらのミスをフォローするような親切な対応をしてくれるとは夢にも思わなかったので、とても意外だった。

翌朝の九時に、またしてもXさんから電話があり「十時にM銀行の担当者から電話がありますので、ご準備よろしくお願いします」。

あまりに親切な区の対応に、ひたすら感心していると、いよいよM銀行サービスセンターの担当者から電話があった。

「山口恵以子さんですね。M銀行サービスセンターのYと申します」

テキパキした話し方をする男性だった。

「払い戻しには最新の機械を操作してご本人の該当番号を入手していただきます。この操作は専門的になりますので、必ず行員の指示に従って行って下さい。山口さんの利用されている支店には、最新の機械が設置されておりません。しかし、お宅の近くの環七沿いの無人ATMは最新式ですので、そちらに着いたらすぐにお電話下さい」

こうして私は近所の無人ATMへ向かった。驚いたことに到着する二分前と、到着直後にYから電話が掛かってきた。

今にして思えば、疑問を抱いたり、誰かに電話したりするヒマを与えないように、監視下に置くためだったのだろう。

ＡＴＭの前に立つと、電話を通して流れるようによどみのない口調で指示が出される。私はもう、ベルトコンベヤーに載せられたも同然だった。

「キャッシュカードを確認して下さい。左側に四角いチップはありますか？　ではカードを入れて、本人確認の表示を押して下さい」

「本人確認」という表示はない。すると「残高照会と表示されているかも知れません」。

こうして、私は何の疑いもなく残高照会を押してしまった。

「使える金額と残高は一致していますか？　では、数字を左から順に読み上げて下さい」

これで預金残高はＹに筒抜けになった。

「では次に××証明の表示を押して下さい。ない？　では、振り込みという表示になっているかも知れません」

これが彼らの巧妙なところだと思う。本人としては「本人確認」や「××証明」を押しているつもりで、実際は「残高照会」や「振り込み」を押しているのに、その意識が希薄なのだ。

「では、国の指定する払い戻し取扱金融機関を利用します。まず地方銀行を押して下さい。次に、四国銀行を押して下さい。それから、旭……九という字の右に日の旭です、旭支店を押して下さい」

画面に目を落とした瞬間、私はやっと我に返った。

(これ、どっから見ても振り込みの画面じゃない！)

私は操作を中止した。

「私、やめます！」「お客さん、どうしたんです⁉」「あなた、振り込め詐欺でしょう？」「何をバカなこと言ってるんです？」「M銀行に問い合わせます！」。

これで幕切れとなった。もし途中で中止せず、振り込み作業を完了していたら、預金を根こそぎ詐取された可能性もある。

更に恐ろしいのは、彼らが私の名前と電話番号、住所を知っていたことだ。どこかから名簿を入手したのだろう。詐欺の標的にされる危険は、誰にでもあるのだ。

実は母も三十年以上前、今で言う「振り込め詐欺」に遭遇した。スーパーの警備主任を名乗る男から電話があり、次兄（当時三十二歳くらい）が万引きをしたと言ったのだ。

「人違いじゃないですか？　息子はいたって物欲の薄い性格で」

「間違いありません。実際にロックのCDをですね……」

「息子は音楽なんか聴きませんよ」

「だから、現行犯で捕まったって言ってるでしょ」

「あの子、昆虫以外興味ないんですよ。人違いでしょ」

「信じろ、ババア！」

男は頭にきて電話を切ったが、母は男以上に頭にきていた。

「許せない！　ママのこと、ババアって言ったのよ！」

母は元声楽家志望で、声優にスカウトされたこともあった。自慢の美声をババア呼ばわりされて、よほど口惜しかったのだろう。

今の私は当時の母と同じ年代で、顔はともかく声でババアと言われたら、やっぱり口惜しいだろうなあ。

お墓、決めました！

母が常々「パパと同じお墓に入るのはイヤ！　エコちゃんとヒロちゃん（兄のこと）と一緒に入れるお墓を探して」と訴えていたことは前に書いた。その時は「まあ、いずれ」と聞き流していたのだが、母が亡くなると訴えが遺言となり、にわかに現実味を帯びた。

ついでに「でも、一人でお墓に入るのは寂しいから、エコちゃんが死ぬまでお骨はそばに置いといてね」とも言っていたので、あわてることはないのだが、私だって事故その他で突然死ぬ可能性はある。元気なうちに墓を決めておかないとマズイと思い始めた。

皮肉なもので、二〇一八年までは霊園セールスの電話や広告チラシが頻繁に入ってきたのだが、二〇一九年に入るとピタリとこなくなった。

先月久しぶりに届いたチラシは、マンション形式のお墓の分譲だった。場所は山手線の内側で悪くない。しかし「ご供養してくれる人（子孫）」がある場合は十五柱まで収容で総費用九十万円なのに、子孫がいない場合は三柱まで収容で二百万円だという。「なに、この差別待遇？」と気分を害した。

続いて兄の知人が紹介してくれたのは分譲墓地で、お寺に隣接していた。だが、場所が江戸川区で川の近くだった。江戸川区は海抜ゼロメートル地帯で、私が子供の頃は治水工事も進んでいなくて、床下浸水や床上浸水がしょっちゅうあった。もし大きな水害があったら、あの場所では流されてしまうのではないか？　そう思うとやはり買う気にはなれなかった。

ところが先週の日曜日、母のお参りに我が家を訪れた叔父が「これから墓陵の契約をしてくる」と話した。かねてより菩提寺に不満があって、元気なうちに墓終《じま》いをして両親（私の祖父母）と妻（叔母）のお骨を新しい墓陵に移し、自分もそこに葬ってもらうのだと。

持参したパンフレットを見せてもらうと、私の心は騒ぎ出した。場所は小石川、後楽園の裏に当たる。「こんにゃく閻魔」で有名な源覚寺と「お仏壇のはせがわ」が共同で管理するマンション形式の墓陵で、普通サイズの骨壺は二箱しか置けないが、特製の骨袋に入れれば最大八柱まで収容可能。お骨の移し替えと入りきれないお骨の供養は、全て寺で行ってくれる。しかも費用は子孫がいてもいなくても一律九十万円だという。

これはまさに、私が求めている墓所ではないか。小石川は海抜一〇メートルあるので、水害で水没する危険はない。

何より、私が一番懸念していたのは経営破綻の可能性だった。平均寿命を考えれば、私が母のお骨を連れて墓に入るのは二十年以上先だろう。それまでにつぶれたら、払ったお金が無駄になる。しかし、源覚寺は約四百年続く地元の名刹であり、はせがわも優良企業だ。私の死後も長く続いてくれるに違いない。

私は兄に頼んで叔父に同行してもらった。帰宅してから詳しい話を聞くと、ますます魅力的に思われた。

それに、兄は近くの工芸高校出身で、墓陵からは目と鼻の先の講道館で柔道の稽古をしたこともある。私も「食堂のおばちゃん」時代、朝食の契約をしていたボクシング青年の応援で、後楽園ホールに何度も足を運んだ。考えてみると小石川は我が家とも縁のある土地だ。

こうして私はあっという間にその墓陵を買う決断をした。ベテランの結婚世話人さんは「お見合いで決まる話は早い。三ヶ月交際しても結婚の予定が決まらないカップルは壊れる」と言っていたが、お墓もまた、決まる話は早いのだろうか。

✿

小石川墓陵を訪れたのは二〇一九年四月十九日の午後だった。私はパンフレットの内容と叔父と兄の話でここに決めてしまったのだが、やはり大切な買い物なので、現地に足を運んで確認する必要もあった。

東京ドームの北側、丸ノ内線後楽園駅を降りて徒歩四分ほど、大通りから一本脇に入った場所だった。周囲は静かな住宅地で、お墓参りに相応しい落ち着いた雰囲気が感じられる。

叔父はいくつかお墓の候補地を見て回ったそうで、浅草にあった有力候補は「周囲が繁華街で、騒々しくってね。落ち着いて墓参りできないような気がして」と小石川に決めたそうだ。実際に現地に来てみると、その気持ちが良く分かった。

所長の山田さんが、契約の前に館内を案内して下さった。

建物は二〇一六年竣工でまだ新しく、地上四階地下二階。地階は葬儀や法要を行う本堂、一階は受付・寺務所・ロビー等、二階は参拝ブースの他に納骨式や会食などを行う部屋があり、三階と四階は参拝ブースが各五部屋用意されている。特に四階は背面がテラスになっていて、屋外の感覚でお参りができるようになっている。テラスには木が植えられてベンチが置いてあるので、温暖な季節には、そこに座って墓石を眺めるのも良いかも知れない。

私はマンション形式の墓陵というのは小石川墓陵しか知らないので、他の墓陵は違うのかも知れないが、その構造を簡単に言うと立体駐車場に近い。好みの参拝ブースを選んでカードを差し込むと、そこに自分の家の墓石が現れる。スイッチが入ると、建物内部では各家の墓石がオートメーションで動き出すのだろうか？

ちなみにお線香は備え付けの物を使用するので、お参りの際はお花やお供物は不要で、手ぶらで来て欲しいとのことだった。

「ここは新しい施設ですので、『将来のために買っておく』というお客さまが多くて、実際に納骨を済まされているお客さまはまだ多くありません。でも、将来納骨されたお客さまが多くなると、お盆やお彼岸などは混み合うことが予想されます。その場合は、参拝ブースが空くまでロビーでお待ちいただいたり、お好みのブースがふさがっていることも考えられます。その点、ご承知置き下さい」

次に山田さんは墓石に納める遺骨収蔵厨子《ずし》の実物を見せて下さった。一般的な七寸の骨壺は二箱、二回りほど小さな四寸骨壺は四箱、専用収納骨袋に移し替えると八柱まで収蔵可能だという。

サンプルの厨子には七寸骨壺一箱と四寸骨壺二箱が納まっていた。大きな壺一つと小さな骨壺二つが身を寄せ合った姿は、母親が二人の幼子を抱えているイメージだ。

「ああ、これなら私と兄の骨を四寸骨壺に入れれば、ママの骨壺がそのまま納まるじゃないの！」と快哉を叫んだ私。

一番気になっていたのは、母の遺骨をそっくり収納した上で、私と兄の遺骨が入るか否かだった。これでその懸念も消えた。

費用は永代供養料・墓石・銘板・彫刻その他全部合計して九十万円と、護持費が年間一万八千円。一ヶ月千五百円の計算で、契約の翌月から発生する。それ以外に納骨の手数料が一万円掛かるが、我が家が実際に納骨するのはずっと先の話だろう。

ふと、母の祭壇に置いてある白木の位牌のことを思い出した。通夜と告別式の時、半紙に俗名と行年を書いて貼り付けたものだ。その後、漆塗りの正式な位牌を作ったので、もはや不要になった。

「あのう、お焚き上げはお願いできるんですよね？」

位牌・骨箱など、一本に付き二千円で引き受けてくれるとパンフレットに書いてあった。

私は必要な書類を全て書き込み、印鑑を押して建物を出た。費用は翌日、銀行から振り込んだ。これで契約は完了した。

全てが終わると、何やら肩の荷が下りたような気がした。妙な感覚だが「これでもう、いつ死んでも大丈夫」と思うと、心が落ち着く。母の遺骨を路頭に迷わすことなく、私と一緒に終《つい》の棲家《すみか》に安置することができる……。

私は決断が早い。ほとんどの物事は第一印象で決める。迷わないので、買い物が異常に早いと言われる。失敗したのは、第一印象で決めずに迷った場合だけだ。だから、今回もきっと正解だと思う。

ここで叔父の墓終いに触れたい。千葉県にある菩提寺の昔の住職は母や叔父、祖父母とも親交があったが、現住職とは一切交流がない。そして管理費を払っているにもかかわらず長年放置されている状態が続き、ついに遺骨を移す決心をしたそうだ。

その際、墓石を撤去する費用が二百万円近く掛かった。先祖代々の墓なので墓石が三基あり、それで高額になったという。

「寺の方も跡地を区画整理して新しく売り出したいらしい。話がすんなり決まって良かったよ」

今、墓終いをする人が急増している。理由は「生活基盤が東京にあるので、故郷の墓を維持するのが難しい」が一番多い。

私が通っている美容室の店長さんは「自分の代は故郷にお墓参りに行くけど、子供の代になったら難しいと思う。だから、私と主人のお墓は東京で別に買うつもり」と話してくれた。彼女は東京近県出身だが、それでも高齢になったら墓の維持管理は難しいという。

「回向院《えこう》（東京・両国）の墓陵はとっくに売り切れちゃったし、浦安で売り出したお墓も、夫婦二人用の小さいスペースから売り切れて、残ってるのは大きいのだけなんですって」

彼女の話を聞いて、お墓事情の移り変わりの激しさに深い感慨を覚えた。

家族もかつては三世代同居が一般的だったが、いつの間にか核家族が当たり前になり、片親家庭や独居老人も増えた。家族形態の移り変わりに呼応して、お墓も先祖代々の墓から家族墓、夫婦墓、独り墓と変わってゆくのだろう。もっとも独居の人なら、墓より散骨や樹木葬などを選ぶかも知れないが。

しかし、それができるのは都会に住む人だけではなかろうか？

私は菩提寺に連絡せず、葬儀社に臨時の導師を頼んで俗名で葬儀を行ったが、檀家と菩提寺の関係が深い地方でそんなことは不可能だ。先の店長さんはお父さんのお葬式の際、お母さんが自分で考えた戒名を付けようとしたら住職に「ダメ！」と断られ、「そんなら俗名で結構です」と言ったら「戒名を付けないならお経は上げられない」と拒否されたという。御仏に仕える人がそんな思いやりのないことを言うなんて！

……いろいろありましたが、何とかお墓が決まりました。良かった！

新寂

第2章
変わりゆく母と暮らして

父が亡くなり母はおかしくなった

　あれは母が亡くなる二年前の二〇一七年、季節は初夏だったように思う。どういう話の続きかは忘れたが、母が言ったのだ。

「エコちゃんは高校生の時から『私は二十歳の時より五十歳になってからの方が活躍できる仕事がしたい』って言ってたよね」

　ええっ、私、そんなこと言ったっけ？　でも、その意見にはまったく同感で、全面的に賛成だ。

「だから小説家になったのは、とても良かったね」

「うん、ほんとだね」

　その頃の母はもう、難しい会話は成立しにくくなっていたので、極めてまともな言葉に驚かされた。同時に、自分がそんな大事なことを言ったのを、どうしてすっかり忘れていたのかと訝《いぶか》った。

それはきっと、人が大切なことも忘れてしまう生き物だからだろう。しかし、本当に大切なことは思い出すことができるのではないか。あるいはこの時の母のように、大切な人が覚えていて、思い出させてくれるのではないか。

その時の経験から、私はそう信じている。

✿

母と暮らした六十年のうち、最後の十八年間はいわゆる「介護」をする日々だった。その中で一番辛かった時期はいつかと問われれば、やはり最初の三年間だと思う。

父が急死し、母が「頼りになる人」から「全然頼りにならない人」、「私が面倒見てあげないとダメな人」へと変化していった期間だ。

こんなことを書くのは辛いが、母が百パーセント母自身であったのは、父が亡くなるまでの七十三年間だったと思っている。それ以降の母は、徐々に何かを失い続ける日々だった。

それは別に父を愛していたからではない。前にも書いたように、中年以降の母は

「パパと同じお墓に入るのはイヤ！」と公言していたほど、父に対する愛情と信頼を失っていた。

にもかかわらず、父が亡くなると同時に精神面がガラガラと崩れてしまったのは、四十五年も夫婦として一緒に暮らしていたからではないだろうか。配偶者を失った喪失感の大きさは、愛情の量ではなく、一緒に生活した時間の長さに比例すると聞いた。四十五年は、結構長い。

実は山口家は、父も、父方の祖父母も、全員病院ではなく自宅で亡くなっている。それもいわゆる「ピンピンコロリ」で、直前まで健康で、気が付いたらあの世に行っていたという具合。

父が亡くなったのは二〇〇〇年の六月三十日だった。一ヶ月ほど前から風邪気味で食欲が落ちていたが、健康な人の常として医者嫌いで、病院へ行かずにいた。それで次兄が入間から里帰りして説得し、母のかかりつけの医院を受診して、翌日には都立墨東病院に検査入院する話がまとまった。

しかし、その日の夕方、突然「息が苦しい」と胸を押さえて倒れ込んだ。私はあわてて電話を取り、救急車を呼んだ。

部屋に戻ると、母は気丈に父を支え、膝の上に父の頭を乗せてしっかり手を握っていた。うっすら開いた瞼《まぶた》から覗いた父の目は白かった。

私は急に恐ろしくなった。人が死ぬのを見るのは初めてだった。情けない話だが「救急車、見てくるね！」と叫んで家を飛び出し、そのままずっと外に立っていた。

やがて救急車が到着したが、隊員はさっと父の身体を触り「難しいですよ」と母に告げた。すでに心停止していたらしい。一応病院へ運ばれたが、帰りは葬儀社の車に乗せられて戻ってきた。

夜には母方の叔父夫婦が駆け付けてくれた。私は叔母と遺体を置けるように父の部屋を片付けた、というか部屋を占拠しているガラクタを捨て、あるいは移動させた。三年前に戦友と旅行した際の駅弁の箸袋まで取ってあったと書けば、部屋がどんな状態だったか想像していただけるだろう。

「こんなもんばっかり溜めるから、ちっとも金が貯まらないのよ！」

私は父が急死したショックより、父が溜め込んだ山のようなガラクタへの怒りでいっぱいだった。

「エコちゃん、あの時、怒ってばっかりいたよね」

後日、父の話になると叔母は笑って言ったものだ。

ついでに書くと、父は亡くなった当日に受診していた医院の医師が死亡診断書を書いてくれたため、検死されずに済んだ。

六月は葬儀社も火葬場も余裕があるらしく、母の場合のように一週間以上待たされることもなく、順当に通夜と告別式が行われた。

通夜の席で、母は異常にハイテンションだった。叔父夫婦や次兄夫婦の前で「前の日にお風呂に入ってきれいにしていたから、葬儀社の人に湯灌《ゆかん》を勧められたけど断った」という話を、さも自慢げにくり返すので、さすがに次兄は眉をひそめて「あれ、どうしたんだよ?」と私に耳打ちした。多分、父の急死に立ち会ったショックがあったのだと思う。

葬儀が終わってからも母への小さな「?」は続いた。テレビのリモコンを風呂場のバスタオルの間に突っ込んだり、私の口座に振り込まれた派遣料を「前にママがエコちゃんに貸したお金」と言い出したり、以前には見られなかったトンチンカンな言動が増えていった。

私は四十二歳だったが、実家暮らしのニートで、定収入の確保がままならない状態だった。それもあって、自分よりは母の方が頼りになる人間だと思っていたし、母がボケてきたとは思いたくなかった。母がダメになったら、私が代わって世間の矢面に立たねばならない。その勇気がなかったのだ。

しかし、母の「どう考えても変」な行動はエスカレートしていった。

かつてお見合いした相手で、交際を望んでくれた人が何人かいた。母はその中の二人宛に「こういう手紙を出せ」と見本を書いてよこした。父が亡くなって生活に不安を感じたので、私にちゃんとした配偶者を見付けなくてはと、焦ったのだと思う。

しかしその手紙の内容がとんでもなかった。要約すれば「あなたが反省すればもう一度交際を考えても良い」とあって、何様でもあるまいし、こんな失礼な手紙を書けるわけがない。才気煥発で人情の機微を心得ていた母が、いったいどうしてしまったのだろう。

私の不安はいよいよ膨れあがった。

期待と不安はシーソーのごとく

私が巻き込まれそうになった「振り込め詐欺」騒動（第1章「ママ、事件です！私、振り込め詐欺に」参照）だが、なんと、これには続きがあった！

二〇一九年二月二十一日の夕方「葛西警察署捜査二課のスズキ（仮名）」と名乗る男から「逮捕された振り込め詐欺グループの一員から押収した証拠の中に、山口さんの個人情報が含まれていた。この件は警視庁案件になったので、捜査に協力して欲しい。もしかしたら警視庁にご足労願うかも知れない」という内容の電話があった。

私はおかしいと思った。捜査課が設けられているのは警視庁や県警クラスで、地域の所轄署にあるのは刑事課なのだ。

これでもミステリー書いてるんだから、私。

早速葛西警察署に電話すると、刑事課盗犯係の刑事さんは「振り込め詐欺に間違

い ありません」と断言した。おそらくは「捜査本部が立った」と偽って葛西警察署の隣とか、警視庁の前へ呼び出し、銀行カードを盗む、あるいはスキミングするつもりだったのだろう。

その際に耳寄りな情報を教えていただいた。警察署は日本全国、局番は違っても下四桁はほぼ全て0110なのだそうだ。0110以外の番号からの電話で警察を名乗ったら、それは詐欺かも知れないと思った方がいいです。

次に、固定電話は基本的に留守電にして下さい。振り込め詐欺犯は音声を録音されるのをいやがるので、諦めて切るそうです。

あと「携帯電話を持ってATMへ行け」と言ったら全部詐欺。

そして現在、役所（税務署も年金事務所も）は全て、還付金の話は書面を送付して、電話をすることはないという。

皆さん、気をつけて下さいね！

父が亡くなった日を境に、母の脳の機能は低下の一途をたどった。

しかし、私はそれを認めるのが怖かった。これは父を失ったショックによる一時的な現象で、また元の母に戻ってくれると、無理矢理自分に言い聞かせていた。頼りないニートの私が、頼りになる母を失ってしまったら、どうやって世間を渡っていけば良いのだろう。二人で小舟に乗って、川の真ん中でオールを流されるようなものだ。死ぬしかない。

今にして思えば、父の急死以外に、母の知能が急激に衰えた原因と思われるものが二つある。

一つは血圧降下剤、もう一つは脳梗塞だ。

母は六十代から血圧降下剤を服用するようになった。数年前、「降圧剤を飲み続けると脳の血管が伸びきったゴムのようになり、認知症を誘発する」と、ある本で読んだ。お医者さんからも同じ話を聞いた。父は八十五歳で亡くなったが、最後まで「ボケ」とは無縁だった。九十代で亡くなった父方の祖父母も然り。母との違いは、三人とも一切薬を常用していなかったことだ。人にもよりけりだが、母の場合は降圧剤の影響が大きかったと思う。

もう一つ、父の葬儀の翌日、母は軽い脳梗塞を起こした。

「夜中にトイレに行ったら、左半身がピリピリッてシビれたの。梗塞かも知れないと思って、しばらくじっとしてたら治ったわ」

翌朝そう言われ、私はビックリ仰天してすぐに病院へ連れて行った。結果、CT画像には小さな梗塞の痕が残っていた。

幸い、母の身体に後遺症は残らなかった。しかし、脳にはダメージが残ったのではないか。実は同居している長兄が、二〇一七年と二〇一八年で合計三回も脳梗塞に襲われた。兄の場合は左半身に後遺症が残り、短期記憶と判断力が著しく低下して、まるで別人のようになってしまった。兄の脳機能の低下を思うと、母も梗塞によって脳に何らかのダメージを受けたのだと思えてならない。

二〇〇〇年当時、私は派遣店員をしながら二時間ドラマのプロット（筋書き）を書いていた。正確に言えば、脚本家を目指していたものの芽が出ず、プロダクションから下請けの仕事をもらってチャンス到来を待っている境遇で、プロットだけでは経済的に成り立たないので仕方なく派遣店員を続けていた。

ご存じない方も多いだろうが、ドラマや映画の脚本にはその前段階にプロットがある。家に例えれば基礎工事だ。そして上物を建てるのが脚本家、内装・外装を施して家を完成させるのが演出家や監督になる。つまりとても大切な仕事なのに、もらえるお金は一作につき額面五万、手取り四万五千円。ひどいプロダクションは額面三万、手取り二万七千円。もっとひどいプロダクションは踏み倒す。

それでも誰も文句を言わないのは、ひたすら脚本家に昇格したいからだ。城戸賞のような大きな賞を受賞した人以外は、みんな下請け仕事を回してもらいながら、脚本を書くチャンスを与えられる日を待っている。「無理偏にゲンコツと書いて兄弟子と読ませるのが相撲の世界」なら「無理偏に搾取と書いてプロデューサーと読ませるのがドラマの世界」だった。

この頃、勉強会用に書いた脚本を母に読ませたら、一言「テーマがない」と言った。それを伝えると主宰の下飯坂菊馬《しもいいざかきくま》先生（『鬼平犯科帳』等、作品多数）は「お母さん、さすがだね。確かにこの脚本は〝ヘソ〟がないよ」と仰った。

ママはボケてない、ちゃんと批評眼があるんだから……私はそう思って安堵した。だからきっと前のママに戻ってくれる、と。

しかし、私の期待と不安はシーソーのようにアップダウンした。母はこんなに立派なことを言った後で、また信じられないような失態をやらかすのだ。そのくり返しだった。

ある日、プロダクションの打ち合わせに持っていく資料を家に忘れてしまった。私は駅から電話して「改札で待っているから持ってきて」と頼んだ。どんなに遅くても十五分は掛からないはずなのに、三十分近く待っても来ないので、諦めて地下鉄に乗った。帰宅して詰問すると母は困惑の体で「すぐに封筒持って駅に行ったわよ。でも、エコちゃん改札にいなかったじゃない。あちこち探したし、駅員さんにも訊いたのよ」と釈明した。

……未だにあの時のすれ違いの原因は分からない。

別の日、仕事から帰った途端、母が「さっき○○さんから電話があったわよ。今日、会うことになってたんですって？　どうしてすっぽかしたりしたの？」と言った。○○さんはプロデューサーである。真っ青になって連絡すると、全然話は違い、別件で後日打ち合わせをしたいとのことだった。私は「どういうつもりでこんな悪質な嘘つくの？　何か恨みでもあるの⁉」と叫びたい気持ちだった。

そんな毎日ではあったが、私は書くことを諦めようとは一度も思わなかった。むしろ、日常が悲惨であればあるほど、書くことに情熱を燃やした。書くことで自分を見失わずにいられたのだと思う。

そして母は料理ができなくなった

実は一九九八年まで、私には「交際」を続けている見合い相手がいた。相手は医者で、母はその職業に執着していたが、私は正直、ウンザリしていた。月に二度ほど日曜日に会うのだが、無趣味な人で、一緒にいる時間の半分くらいは二人で新宿の紀伊國屋書店本店で立ち読みして過ごした。映画館や劇場は「空気が悪いから入りたくない」と言う。「交際」が始まって二年近く過ぎていた。ズルズル二年も過ぎたのは、本人は結婚したい気があるものの、お母さんとお姉さんが「相手は女医が良い」と反対していたからだ。そんな相手と結婚しても幸せになれないのは目に見えていたし、それ以上にその人が母と姉を説得できるとは思えなかった。ただ、母の期待を裏切りたくないので、月二回の退屈な時間を我慢していたのだ。

その年の暮れ、私は不毛な時間に耐えかねて「もう交際しても無意味だから会うのは止《や》めましょう！」と宣言し、その人を残して家に帰ってしまった。母はガッカりした様子だったが、私の説明を聞いて、最終的には納得した。

考えてみれば、あの医者を私の夫にしようと考えた時点で、母の判断力は少しおかしくなっていたのかも知れない。

笑ってしまうのは、それまでは何とか相手の良い点を見付けて褒めようと努めていた母が、結婚の可能性が消えた途端、掌《てのひら》を返したように「あのブタ！」「目が変質者」「一生母親と姉さんの言いなりで、結婚できないで終わるわよ」と、悪口雑言を並べ始めたことだ。それ以来母はその人の話題になると「あのブーが」と、バカにしたように口まねをしたので、あの医者もいい面の皮だと思う。


認知症の症状の一つに「料理ができなくなる、味が変わる」という変化があげられている。

最初にそれをドラマで見た時は「そんなこと、本当にあるのかなあ？」と半信半疑だった。食べることは五感と直接結びついているし、まして長年料理を作ってきた人が急にできなくなるなんて、そんなことあるのかと訝った。

だが、それは母の身にも起こった。豚の角煮を作ると言って、バラ肉ではなくモモ肉の塊を買ってきたのだ。「こんな硬い肉で角煮なんかできないでしょ」と言ったら、何と今度はラードを買ってきて「一緒に煮ちゃえば大丈夫よ」……料理が得意だったはずなのに、いったいどうしたことだろう。私は愕然として、恐怖すら感じた。

二〇〇〇年に父が亡くなってから、母は次第に料理をしなくなった。私がそばにいるので自分で作る必要がなかった、というのも大きな理由だと思う。それでも好物の漬物は、季節の糠漬と瓜の印籠漬、白菜の漬物の三種類を、私に手伝わせて漬けていた。

父が工場を経営していた頃、我が家には住み込みの工員さんとお手伝いさんもいて大家族だった。その当時使っていた大きな漬物樽は捨てて、家族用の小さなポリ容器に替えたのだが、母は自分で特大容器を買ってきてしまった。昔の記憶が抜けないのか、家族三人では食べきれないほど漬けるので、私は処理に苦労した。

漬物作りが完全に母から私にバトンタッチしたのは、二〇一〇年頃だったろうか。これまでの腹いせに、バカでかい容器は全部捨てて小さな容器に替えたのだが、母はもう気が付かなかった。

母は二〇〇一年になってもまるで回復の兆しが見えず、認知症の症状はひどくなっていった。

ある時、偶然知り合ったバーのママさんが「毎月未婚の男女を招いてパーティーを催して、今まで二十組くらいカップルが誕生した」と話すと、早速名刺を渡して私の世話を頼んだので、呆れ果てて言葉を失った。

娘に何とか伴侶を見付けたいという親心は分かるとしても、以前の母なら相手の話を鵜呑《うの》みにして、よく確かめもせずに飛びついたりはしなかった。私も母も彼女とは知り合って日も浅く、婚活の話が事実かどうか確かめたわけではない。それに、私は彼女の人柄に少し信用できないものを感じていた。私よりずっと勘が鋭くて人を見る目のあった母が、それにまったく気が付かないとは。

少なくとも医者の一件では、相手の身元は確かだった。しかし、今回は違う。この先、もしプロの詐欺師が母に近づいて、うまい話を吹き込んだら、信用してお金をだまし取られてしまうのではないか？

母を見ていると、そんな懸念さえ頭をよぎった。そして、母にそんな懸念を抱くようになってしまった現実に、またしても暗澹《あんたん》たる思いが湧いてくるのだった。

私は父の亡くなる三年ほど前から日本舞踊を習っていて、新年会と浴衣会には母も見に来てくれた。この年の浴衣会にも母は付いてきた。ところが駅で「お菓子を買ってくるからホームの待合室で待っててね」と言い置いて買い物を済ませ、ホームに行ったが母の姿はない。駅員さんに訊《き》いても心当たりがないという。

取り敢えず浴衣会の会場に行って先生に事情を話し、出番を済ませて帰宅すると母はすでに帰っていた。

「いったい、どうしたのよ！　ホームの待合室で待ってろって言ったでしょ！」

「だって駅で男の人に『待合室はどこですか？』って訊いたら『そんなもんありませんよ』って言うんだもん。そのうち電車が来たから、遅れちゃいけないと思って乗ったのよ」

母は降りる駅は知っていたが、会場の場所を知らなかった。それで通行人に「〇〇先生の浴衣会はどこですか？」と訊いたが誰も知らないので、諦めて帰ってきたのだと言った。

「私はもう十年以上、葛西駅から通勤してるのよ。その私が待合室で待てってって言ってるのに、どうして会ったばかりの人の言うこと信じるの？　待合室はホームの真ん中にちゃんとあるのよ！」

この時は怒りのあまり声を荒らげたが、怒鳴っている途中で徒労感に襲われた。

母はまるで子犬のような目でキョトンと私を見ていたのだ。何故叱られるのか、まるで理解できていない目だった。

私はヘナヘナとその場に座り込んだ。襲いかかる虚しさに気力を失い、打ちのめされていた。

母はもう、ダメかも知れない。昔の母には戻らないかも知れない。

いや、多分、ダメなのだ。母はこれ以上良くならない。もしかしたら、今よりもっとダメになってゆくかも知れない。

そして私は、このダメになった母を抱えて、自分の力で世の中を渡っていかなくてはならないのだ。脚本家への道の見えない使い捨てのプロットライターで、来年の予定も立てられない不安定な派遣店員で、四十過ぎてもマザコンの、この私が……。

明るいニュースは、一つだけ

二〇〇二年になっても、母の状態は下降する一方だった。

現在同居している長兄は一九八九年から二〇〇四年まで佃《つくだ》の高層マンションで一人暮らしをしていたので、母が下降線をたどる様子をつぶさに観察したのは、三人の子供の中で私一人だけだ。

ただ、私は一緒に暮らしていたので、毎日見慣れて鈍感になっている部分もあった。

その年の春、次兄夫婦が入間《いるま》から遊びに来た。母と会うのは半年ぶりくらいだったと思う。私は張り切ってご馳走を作り、四人で早めの夕食をとった。途中、母がトイレに立った時、次兄は眉をひそめて抑えた声で言った。

「ママの食べ方、あれ、どうなの?」

そう言われても咄嗟《とっさ》にピンとこなかった。

「なんか、ガツガツというか……前はあんなじゃなかったのに」

芋の甘露煮を箸で切らず丸ごと口に入れ、半分出して皿に戻したり、兄嫁の皿の料理に箸を伸ばしたり、箸でつまんだおかずをこぼしたりと、次兄は以前との違いを列挙した。

確かに、言われてみればその通りだった。

次兄は特別養護老人ホームと介護老人保健施設の運営に携わっており、認知症の高齢者を見慣れている。その目から見て、母の姿はまさに認知症を発症していると映ったのだ。

決定的な宣告を受けたような気がして、私はガックリ落ち込み、不安に苛《さいな》まれた。底なし沼に足を踏み入れ、ずぶずぶと沈んで行くような気分だった。この先、どこまで悪くなるのだろう……。

この年は春で派遣の契約が切れ、短期の仕事をいくつかこなして秋を迎えた。

九月半ば、本当に久々に、一つだけ明るい展望が開けた。「丸の内新聞事業協同組合」（丸シン）という大きな新聞販売事業所の社員食堂に、調理補助パートとして採用されたことだ。

東京新聞の求人広告を見ていたら「社員食堂調理補助パート募集　時給一五〇〇円　交通費全額支給　有給休暇・賞与あり」の記事を見付けた。「スナックのネエちゃんより良いじゃん！」と思ったものだ。勤務地は内幸町、勤務時間は午前六時から十一時。これなら五時間働けば月収十五万円、生活費には充分だ。午後から開かれる制作プロダクションの企画会議にも出席できる。

私は大学卒業後、親戚の世話で宝石の輸入と販売を行う会社に就職したが、そこは三年で倒産し、以後は派遣店員として宝石業界で働き続けた。それは「派遣でも専門性があった方が待遇が良いのでは？」という思い込みがあったからで、職種に特別な執着があったわけではない。私はこの募集に飛びついた。

食べるのが大好きで、小さい頃から母のあとについて台所仕事を手伝っていたし、大学生になると母の代わりに家族の夕食を作ることも多かったから、一応の調理はできる自信があった。それでも、あまりに条件が良いので調理師免許が必要なのかと心配だったが「要りません」というので、面接してもらった。

採用が決まった時は大袈裟ではなく、天にも昇る気持ちだった。

母に伝えると「エコちゃんは料理が好きだから、良い仕事が見つかって良かったね」と喜んでくれた。内心はどうあれ、この時母が「食堂のおばちゃんにするために大学まで出したんじゃないわよ。情けないったらないわ!」に類するセリフを口にしなかったことを、今でも私は感謝している。

食堂は有楽町と新橋の中間の高架下、東海道新幹線の真下にあった。アーケード内は空店舗だらけで暗く寂れ、厨房の設備も古くみすぼらしかったが、そんなことはどうでも良かった。

「うちは六十歳定年です。パートの方も六十歳ですから」

労務担当のこの言葉が、どれほど心強く響いたことか。これでもう、六十歳まで仕事を探さなくて済むのだ。

当時の食堂スタッフは全員勤続十年以上のベテラン勢で、おまけに非常に忙しかったから、私は言われた仕事をこなすだけでやっとだった。でも、お陰で時間が経つのが早かった。

職場は忙しいに限る。派遣店員時代の経験から言うと、暇な店では必ず人間関係に不協和音が生まれた。「小人閑居《しょうじんかんきょ》して不善《ふぜん》を為《な》す」とはよく言ったものだ。

しかし、所謂《いわゆる》肉体労働をしたのは初めてで、慣れるまでは大変だった。

朝六時からホールの開店準備、朝食の調理、配膳の準備。七時に開店して以降はひたすら食事の提供。九時少し前に賄いを食べ、九時半までに厨房の後片付けとホールの清掃。十一時までに昼食の準備、夕食と翌朝の朝食の仕込みを終わらせる。そこまでが私の仕事だった。遅番は二人で、九時半から五時半までの勤務。最初の一週間、早番は主任と私の他にベテランのMさんの三人体制だったが、翌週からは遅番が来るまで主任と二人体制になると言われていた。しかも主任は八時から八時半まで買い出しで食堂を離れるので、その間は私が一人で対応しなくてはならない。

私は絶対に丸シンをクビになりたくないと思っていたので、毎日必死だった。頭で覚えているだけでは間に合わない。帰りの電車では仕事の手順を思い出し、逐一メモに書き付けた。記憶は書くことでより克明になる。何度も同じことを書いているうちに、どうにか頭に叩き込まれた。

幸いなことに、私は食堂の仕事が大好きになった。

正直、日々反応の鈍くなる母のために食事を作るのは張り合いがなかったが、毎日の食事で何十人もの人たちの健康を守り、喜んでもらうのだと思うと、大いにやり甲斐を感じた。

そして、食堂の仕事には嘘がなかった。いくら口で上手いことを言っても、身体を動かさなければ作業が滞るし、不味《まず》い物を食べさせたら人は不機嫌になる。しばらくすると、これは私の天職だとさえ思えてきた。

同時に、二十年も続けてきた宝石販売の仕事が、まったく自分に合っていなかったことに気が付いた。母は真珠と珊瑚《さんご》と翡翠《ひすい》が好きで、指輪やネックレスを持っていた。私もきれいなアクセサリーを眺めるのは好きだったが、それと販売は違う次元の事柄だ。

私の経験では、たいていの場合、仕事の募集要項の条件は五つあれば三つしか履行されない。それでも仕事が欲しいので、結局泣き寝入りしてしまう。しかし丸シンは、最初の条件を全て履行してくれた。そして六十歳までの安定した生活の道を与えてくれた。

丸シンに採用されたことで、私の運命は開けたと思っている。

食堂のおばちゃん、日夜格闘す

私が一九九六年から三年ほど勤務した店は、宝飾品のリフォームと金・プラチナの買い取りを専門にしていた。

例えば爪が服に引っかかって使いにくいダイヤの指輪（エンゲージリングは大体このタイプ）を持ち込むと、台のプラチナを時価で買い取り、ダイヤは別のデザインの指輪やペンダントに作り直すのだ。その店のリフォームにはとても惹かれるものがあり、私は貴石の指輪を三個を誂《あつら》えた。

中指用のサイズ11の指輪は、今では薬指でないとはまらない。食堂勤務の十二年間で私の指はすっかり太くなっていた。

すると私には大きかった母の指輪がピッタリになった。ようやく、母の大切な物を譲り受ける資格ができたのかな、と思う。

パート勤務ではあったが丸の内新聞事業協同組合に採用され、不安定だった私の生活は何とか安定に向かい始めた。

しかし、母の衰えは進行していった。料理・掃除・洗濯はもとより、それまでは何とかこなしていた簡単な洗い物や後片付けまでできなくなったのだ。

私は月曜から金曜まで、毎朝三時半に起きて家の中を片付け、支度をして五時前に家を出て駅に向かい、始発電車に乗って出勤した。食堂に着いてからは六時から十一時まで、ゴミ出し、掃除、洗い物に料理の仕込みと、賄いを食べるわずかな時間以外ずっと立ちっぱなしで働いた。

それが、疲れ切って家に帰ると、台所の流しには食べかすのこびりついた食器類が置きっぱなし、トイレの床は尿の漏れた痕が点々と続き、壁には糞をこすった痕もある。その有様を見ただけで、やりきれない気持ちが込み上げた。

「ねえ、別に洗えとは言わないから、せめて食べ終わった食器に水張っといてよ。そのままにしといたら、こびりついて落とすの大変なんだから」

私は何度も母に言った。

「私、疲れてるのよ。毎日遊びに行ってるんじゃない、働いてるのよ。重労働よ。それでもご飯作らなくちゃいけないのに、こんなだらしないことされたら、たまんないわよ。すぐにご飯の支度に取りかかれるのと、トイレ掃除と洗い物片付けてから始めるのじゃ、精神的に天と地の開きがあるのよ。ねえ、そのくらい分かってよ。ママだって何十年も主婦やってきたんでしょ？」

言い募るうちに感情が激して、私の口調は鋭くなった。母はその度に叱られた犬のような目をして「うん」と返事するのだが、翌日はまた元の木阿弥だった。

丸シンの社員食堂は鉄道の高架下にあり、周囲の衛生環境は良くなかった。食堂がいくら衛生に気をつけても、周囲の店からゴキブリやネズミが侵入してくる。私は目の前でゴキブリが交尾するのを目撃したこともあったし、ゴミバケツを持とうとしてネズミを摑んでしまったこともあった。

そんな状態だったので、朝、掃除の次に私がやるのは、使う予定の食器を全て水洗いすることだった。調理器具その他も、まず洗わないと使えない。そこまでやっても、ちょっと目を離した隙に、洗ったばかりの食器にゴキブリにフンをされたりした。

だから、掃除と洗い物には食傷気味だった。帰宅してからも同じ作業をさせられるのがたまらなかった。

そして十二月に入ると、事態は更に深刻になった。私の手が何故か、異常にふやけるようになってしまったのだ。最初はそれほどでもなかったが、ふやけ具合はどんどんひどくなり、ちょっと水に触れただけで、湯に浸けていたかのようにシワシワになってしまう。

職場は洗い物をしながらお客さんの給仕もするので、ゴム手袋をはめて働けるような状況ではない。

「ねえ、ママ、私の手、こういう状態なのよ。正直、仕事以外で水に浸けるのが怖い。だから少しで良いから、自分で洗える物は自分で洗ってよ」

私は水でふやけて不気味なほどシワの寄った掌を母の目の前に突きつけて訴えた。だが、母は聞いているのかいないのか、腑に落ちない顔で眺めるばかりで、まるで手応えがない。その様子を見ると、激昂《げきこう》し掛かっていた気持ちがすーっと萎《な》えて、虚しさが広がっていった。

……何を言っても無駄なのかも知れない。

その後、思い余ってベテランのMさんに相談したら、ひと目見て「今までこんな症状は見たことないから、皮膚科に行った方が良いよ」と忠告した上で、他のスタッフに「手が治るまで、なるべく洗い物は代わってあげてね」と言ってくれた。それで年末に皮膚科を受診したのだが、その直前、不意に原因らしき物に思い当たった。

尿素入りのハンドクリームだ。手荒れに効くと思って使い始めたのだが、手がふやけ始めたのはそれからだった。ふやけるのはクリームが足りないからと思って更に大量に使用すると、それに比例してふやけ具合もひどくなってしまった。試しに使用を中止したら、ふやけなくなった。私の肌質と尿素は合わなかったのだろう。

手の状態が良くなると、私はもう日常生活のことで母に文句を言うのは止めようと思った。反論もせずに黙ってこちらの言うことを聞いている母を見ると、弱い者いじめをしているような気分にさせられたのが一つ、もう一つは、悪気があってやっているのではなく、対応する能力が失われたのだと、やっと私にも分かってきた。

そんな気持ちになったのは、食堂勤務にもようやく慣れて、多少なりとも気持ちに余裕が生まれたからだと思う。

たまにスーパーで、連れのお年寄りの不手際を厳しく叱責する中高年の男女を見ると、あの頃の自分を思い出して辛くなる。

毎日私に責められて、母は可哀想だった。本人にはどうして自分が非難されるのか、おそらく分かっていなかっただろうから。

でも、私だって可哀想だった。毎日気力も体力も限界ギリギリで、まるで余裕がなかったのだ。今なら笑って済ませられることに神経を逆なでされ、時に感情を抑えかねて激昂した。

タイムマシンがあったら、あの時に戻って「可哀想に、辛いよね。でも、偉いよ。頑張ってね」と言ってあげるのに。誰かにそう言ってもらえたら、きっとそれだけで気持ちが楽になっただろう。

銀座線内の口論の物語

「金持ち喧嘩せず」という箴言《しんげん》がある。私はその意味するところを「嫌なことや厄介なことはお金を使って回避できるので、精神が安定して余裕が生まれ、不愉快な出来事に遭遇してもカッとせず、寛大な気持ちでやり過ごすことができる」と解釈している。だからお隣の国のナッツ姫と水かけ姫の一家は、どうにも理解し難い。巨万の富を有しながら、どうして一家揃って些細なことで激昂し、ヘビメタ張りのシャウトをくり返すのだろう？　富はあの一家を幸福にしないのだろうか？　そんなら私が代わりにもらってあげるのに……。

もっとも、人を幸福にするのは金銭だけではない。一番の幸せの妙薬は、夢と希望だろう。「若い頃の苦労は買ってでもしろ」という格言の裏には、若者が夢と希望を抱いているという前提がある。

あの頃、四十半ばで夢と希望がくたびれてきた私は、八方塞がりに近かった。

二〇〇三年の三月、当時仕事をもらっていた制作プロダクションから『警視庁鑑識班』の脚本を書いて欲しいと連絡が来た。火曜サスペンス劇場（日本テレビ系列）の人気シリーズだ。

今まで何度か脚本に起用される話はあったが、結局実現しなかった。一度だけ古《ふる》田求《たもとむ》さんと共作させていただいたが、それから脚本の依頼は皆無で、プロットライターに逆戻りしていた。

こんな大きなチャンスは、もう二度とあるまいと思った。

私は早速母に報告した。すると耳を疑うような言葉が返ってきた。

「良かったわね、頑張るのよ。ママがお手本を書いてあげるから、それを見て、その通りに書くのよ！」

私は呆れて二の句が継げなかった。小説は形式がないが、脚本には形式と細かな約束事がある。私はそれを脚本学校で学んだ。母は過去に脚本を書いた経験もなく、それどころか脚本の勉強をしたことすらない。それが、私に「手本を書いてやる」

というのだ。

少しでも理性が働いていれば、とてもこんな発想は生まれない。それほどまでに、母の知力は衰えてしまったのだ。

私はついに、現実を受け容れた。母はもう良くならない。これからも悪くなってゆく。料理ができなくなり、排泄の粗相が増え、出先で迷子になったりして、頭では分かっていたが、これまでは気持ちが追いつかなかった。しかし、やっと気持ちの整理がついた。

それは多分、丸シンの食堂で安定した職を得て、ギリギリの瀬戸際を脱したからだろう。母を支えて自分の足で生きて行くことに、多少の自信が生まれたのだと思う。

結局、事情があって『警視庁鑑識班』の脚本は別の人が書くことになった。その時、「もう脚本家の目はないな」と分かった。周囲のプロデューサーはほとんど私と同世代で、年下の人もいた。それなら、三十代で書ける人が大勢いるのに、四十半ばの私を新人脚本家として採用する可能性はないだろう、と。

そこで、まるで電車を乗り換えるようにすんなりと、私は希望の中身を「でも、小説家なら年齢制限はない」に切り替えた。

これも全て丸シンのお陰だ。安定した収入が保証されていたのでプロットの仕事を辞めても生活は困らない。付き合いの少ないプロダクションから徐々に仕事を断り、数年後にはドラマの世界から完全に身を引いた。

私は「恒産《こうさん》なき者は恒心《こうしん》なし（キチンとした仕事と安定した収入のない者は精神の安定を保つのが難しい）」という孟子の言葉をよく引用する。この時の体験で、そのことを実感したからだ。

この年の六月に、私はミステリーの短編を書き上げて「オール讀物推理小説新人賞」に応募した。すると九月の初めに「最終選考に残った」という知らせが来た。選考会の開かれる二十五日まで、私の胸は期待と不安が入れ替わり進入して、はち切れそうだった。

もし受賞できたら、生活そのものは現状と変わらなくても、将来に繋がる希望を手に入れることができる。それだけで今よりずっと幸福度がアップするのではないだろうか？

受賞したのは後に直木賞を受賞した門井慶喜さんだった。

私はその夜、祝杯用に買ったスパークリングワインをヤケ酒で呑み、酔っ払って寝てしまった。そして、翌朝目を覚ましたら五時だった。六時から勤務だというのに！　大慌てで家を飛び出し、流しのタクシーを拾って、何とか遅刻を免れた。

帰宅すると母は申し訳なさそうに「ママはエコちゃんが遅刻しないように、いつも四時に起きていたのよ。今朝に限って、どうして目が覚めなかったのかしら？」と言った。

それを聞いた途端、頭に血が上り「一番肝心な時に寝坊してたら、何百回四時に起きたって、そんなの意味ないわよ！」と怒鳴りそうになった。そんな愚にもつかないことを言う母が厭《いと》わしく、情けなく、同時に自分が惨めでやりきれなかった。

新人賞を逃したダメージは、私が自覚していたより大きかったらしい。心から余裕がごっそり削られてしまったほどに。

あれは忘年会の帰りだった。終電近くの東京メトロ銀座線に乗ろうとした時、背後に立ったカップルの男が私を押しのけて先に乗り込んだ。私は瞬時に逆上し、猛然と男に抗議した。男も彼女の手前、引けないと思ったのか「謝れ」「謝らない」で口論はヒートアップ、男は「降りて話を付けよう」と、停車した日本橋駅で私をホームに押し出した。怒りは頂点に達し、私は「警察を呼びなさい！」と大声を出した。

銀座線は停止したままで、乗客は迷惑そうに、あるいは物珍しげにジロジロ見物している。駅員が駆け付けて仲裁に入った。

最終的に男が「どうもすみませんでした」と頭を下げて収まったが、私の気持ちは収まらず、帰宅すると母に一部始終を打ち明けた。

すると母は「若い頃路面電車で立っていたら、隣の男の不注意で鉄板を足の甲の上に倒された。真っ赤に腫《は》れ上がったのに男は一言も謝罪しなかった」と昔話を始めた。

私は母を殴りたくなった。疲れ切り、絶望している娘が更に傷つけられて目の前にいるのだ。説教や訓話が何の役に立つだろう。必要なのは共感と同情だ。共に怒り、共に泣くことだ。あれほど人情の機微を心得ていたはずの母が、そんなことも分からなくなったのかと思うと、私は怒りと惨めさで身を揉んで号泣した。

今になると良く分かる。私は八方塞がりだったのだ。希望が見つからないから、あんなにも心が弱くなってしまったのだ。

それでも母なりの生活の喜びがあった

人間には「捨てる派」と「溜める派」がある。私は断然捨てる派で、新しい物を一つ買ったら古い物を一つ捨てる。一方、同居している長兄は溜める派で、とにかく物が捨てられない。かつて収納アドバイザー澁川真希さんは「収納はスペースの問題ではなく性格の問題です」と仰ったが、まさにその通り！

雑誌「クロワッサン」の体験企画で「防災のための備蓄と片づけ」をやった時、私は大なたを振るい、物置を占拠していた兄のガラクタを軽トラック一杯分も捨てた。その後も折々に捨てまくり、二〇一八年は兄の入院中、ウォークインクローゼットを整理し、ウォークインできるようにした。それまではガラクタ満杯で中に入れなかったのだ。

そんな断捨離好きの私なのに、母の死後、部屋や持ち物に手を付けられないでいる。高価な物や思い出深い品でなくても、日常使っていた下着や浴用のタオル、目を拭いていたガーゼの類いまで。

リビングのカレンダーには私の仕事の予定が赤マジックでびっしり書き込んである。月が変わって破り捨てようとすると、母は必ず「ちょうだい」と言った。母のクローゼットの抽斗《ひきだし》には、それが何十枚も溜めてあった。どういうつもりで溜め込んだのか分からないが、根底に愛情があったことだけは確かだと思う。

✿

父が亡くなってからの母の急激な変化について、今ならすぐに「認知症だな」と分かる。しかし、認知症という言葉が定着したのはおおよそ二〇〇七年以降で、それまでは「(老人性)痴呆症」と言われていた。確かに母は三年にわたって、坂を転がり落ちるように知力と体力が衰えていったが、それでも「痴呆」と呼ぶのは抵抗があった。トンチンカンなことを言う半面、まともな会話もちゃんと成立した。「ボケてきてはいるけど完全にボケたわけじゃない。まだらボケくらいでは?」が当時の私の認識だった。そして「ボケる」というのは病気ではなくて「加齢による自然現象」と思っていた。

二〇〇四年に入ると、母の下降スピードは緩やかになり、踊り場に達した感があった。

この年、母は帽子教室と水泳教室に通い始めている。突然そんなことを思い出したのは、二〇一八年十一月、母の退院に備えて介護ベッドを設置するため、部屋に溜め込んでいた帽子の型紙と布、着る機会のなくなった水着と水泳帽を断捨離したからだ。

母は裁縫が好きで、子供の頃の洋服や浴衣はお手製だったし、大人になってからも夏のワンピースを縫ってくれた。パッチワークにハマっていた時期もある。母の帽子好きは、昭和三十年代以前のファッションは帽子が欠かせないアイテムで、しかも帽子がよく似合ったことによる。デパートに行くと必ず帽子売り場に立ち寄って試着したものだ。本当はもっと若い頃から帽子作りを習いたかったのだが、町工場のおかみさんは忙しくてそんなヒマはない。気楽な未亡人となり、やっと念願叶ったのだろう。

母は金槌で泳げない。それが水泳教室に通うというので驚いたら「アクアビクスって、水の中で体操するの。泳げなくても大丈夫だし、ダイエットに良いんですって」とのことだった。関節に負担のないアクアビクスは母に合っていたが、しばらくすると「こんなつまんない水着着てるの、ママだけよ」と文句を言い始めた。私は母のために通販で地味な水着を買ったのだが、皆さんのカラフルな水着を見て不満に思ったようだ。お安いご用なので、可愛い水着二着と水泳帽二枚を買い足した。

このように、静と動の二つの趣味を持つのは心身の健康のためにとても良いという。事実、母は帽子教室で何人か仲の良い友達ができた。皆さん母より十歳近く年下だったが、楽しそうに「新しく帽子ができ上がると、いつも先生に『山口さん、モデルをお願いね』って言われて、ママが被《かぶ》ってみせるのよ」と話していた。

教室は原宿にあった。ある日「駅の階段を上るのが辛いから止めたい」と言い出した。「原宿なら必ずエスカレーターの付いた出口があるから、そこを使えば良いじゃないの」と言うと、「あら、そうなの？」というわけで、教室通いは足かけ五年ほど続いた。

東京都は七十歳になると都営交通の無料パスを支給してくれる。母は無料パスで都バスに乗るのが楽しかったようで、更新時期が近づくと「取りに行ってきてね」としつこいくらい念を押した。

今にして思うと、その期間、母はまだ一人で電車やバスに乗って外出し、趣味を楽しむことができていた。晩年にそういう時間を持てたことに救われる思いがする。

私の記憶には、父の死と同時に様々な物を失い続けた母の印象しか残っていない。それではあんまり悲惨だ。しかし、実際には母なりの生活の喜びがあった。人間は複雑な生き物で、人生は一筋縄ではいかないと、改めて感じ入る。私の中では灰色に塗りつぶされた母の時間も、母の中には何色かの淡い彩りが残っていた。そのことに感謝したい。

しかし、水泳教室は三年ほど通った後、突然止めてしまった。併設されているお風呂で水着を洗っていたら中年女性に「汚い」と注意され、それで嫌になったようだ。

帽子教室の方は、夏の親睦会の会場で気分が悪くなり、タクシーで帰ってきたのがきっかけで止めた。母は「また気分が悪くなったら皆さんに迷惑が掛かる」と言った。残念だったが、その少し前、家の前で転んで起き上がれなくなり、車で通りかかった方に駅まで送っていただいた事件があり、私も「もう一人で出掛けるのは無理かも」と危ぶんでいた。ちょうど良いタイミングだったのだろう。

印象に残った出来事を書いてゆくと、どうしても刺激的な出来事が多くなってしまう。しかし日常というのは普段は穏やかで、事件が起きるのは「時々」なのだ。我が家もその例に漏れず、普段の母と私の関係に緊張感はなかった。

祖父の代から営んでいた理髪鋏《はさみ》の工場が左前になり、一九八八年に我が家は転居し、父が一人で細々と鋏造りを続けた。しかし母は、住み込みの工員さんやお手伝いさんがいなくなり、結婚以来初めて家族水入らずで暮らせるようになったことを喜んでいた。それを証明するように、四十五キロだった母は、五十七歳で祖父が死んで五キロ、六十歳で祖母が死んで更に五キロ、七十三歳で父が死んだらなんと十キロも太ってしまった。私は「焼け太りって言うのはあるけど、死に太りはママだけね」とからかった。母は楽しそうに笑っていた。

そう、私と母の間に、楽しい会話はいつも普通にあった。特別なものでなかったからこそ、思い出すのが難しいが、ふとした時によみがえり心があたたかくなるのだ。

五十にして鬱になる

元号が令和と改まり、私は昭和、平成と三つの元号を生きることになった。母も臨終の日が三ヶ月半遅ければ、三つの元号を生き、新天皇のご即位を見ることもできたのだが。

母は美智子上皇后様を大変尊敬していて、特に母自身が和歌を趣味としていたこともあり、歌人としての才能を絶賛していた。私自身は和歌を作れないが、母が買ってくれた歌集を通して御歌を知り、素直に感動した。

これほど心温かく才能豊かで教養高い女性を皇太子妃、皇后に戴けて、国民は幸運だったと思う。

二〇一九年五月一日は即位の礼をテレビで拝見しながら、もしここに母がいたら何を言うだろうと考えていた。

二〇〇七年は私には重大な年だった。その年、文庫ではあったが『邪剣始末』（廣済堂文庫→文春文庫）という時代小説で小説家デビューを果たしたのだ。先に脚本家としてデビューしていた松竹シナリオ研究所二四期の同期生、大原久澄さんが、出版プロデューサーに紹介してくれたのがきっかけだった。

本が刊行された時の私の喜びは言葉に尽くせない。第一子が誕生した時の母親の気持ちに近いのではあるまいか。

母も喜んでくれたと思う。「思う」というのは、飛び上がって喜んだ姿も、手を取って「おめでとう！　やっと苦労が報われたわね！」と激励してもらった記憶もないからだ。それでも喜んでくれたはずだと思うのは、女学校時代に仲の良かった同級生数人宛に手紙を書いて「これを添えて本を送りなさい」と言ってくれたからだ。当時の母はかろうじて、嬉しいことがあると彼女たちに手紙や電話で知らせる習慣を保っていた。

私は『邪剣始末』がベストセラーになることを夢見た。少なくともある程度の評価を受けることを期待していた。しかし現実は甘くない。受賞歴のない無名の新人が注目されることはなかった。洪水のように刊行される新刊に押され、私の第一子とも言うべき『邪剣始末』は、書店の棚から人知れず消えていった。

私は落胆したが、それでも希望を捨てなかった。『邪剣始末』を読んでくれた小さな出版社の社長から「新作を是非」と言われ、「次こそ必ず！」とリベンジに燃えていた。

一方、母の身体の調子は一段と下降した。括約筋がゆるくなり、神経が鈍くなって、尿意や便意が感じられなくなり、ともすると大小便を漏らすようになってしまった。母は対策としてオシメ代わりにタオルを当てたので、私は百均で大量にタオルを買ってきた。

このタオルの洗濯が厄介この上なかった。尿なら水洗いして洗濯機に入れられるが、大便の場合は便器で洗い流してから洗面所で水洗いしないと洗濯機に入れられない。そして、そのくらい手間を掛けても、洗濯した母の下着からはかすかな便臭が取れなかった。それは今思い出しても気が滅入る経験で、介護認定を受けた後、江戸川区から無料で尿取りパッドが支給された時は、地獄から解放されたような気がしたものだ。

忘れられないのはこの年の晩秋、叔父と従妹が遊びに来た時のこと。夕食を終えてお茶を出した後、突然母が漏らしたのだ。異臭が漂う中、私は何事もなかったような顔で母をトイレに連れて行き、汚れを拭いて着替えさせた。母がふたたび席に戻るまで五分と掛からなかった。その間、兄は前と同じ口調で会話を続け、叔父と従妹も気付かない振りをしてくれた。団欒《だんらん》は何事もなかったように再開した。二人はその後も、あの件に関して一言も口にしていない。

私は叔父と従妹に感謝しているが、母が二人の前でこんな醜態を見せてしまったことが、残念で堪らなかった。ほんの七年前までの母は年齢より若々しくてしっかりしていたのに、この件で二人は母のイメージを「ボケ老人」に修正してしまうだろう。そう考えると母が哀れであり、同時に情けなくてやりきれなかった。

我が家は祖父の代から理髪鋏の工場を営んでいて、敷地内に母屋と工場と従業員宿舎が建っていたのだが、長髪の流行で業績は低迷し、昭和の末期、一九八八年には工場を閉めて土地を売り、同じ江戸川区内の建て売り一戸建て住宅に引っ越した。

その家が築二十年になった二〇〇八年、兄は大々的なリフォームを敢行した。次兄が結婚し、父が亡くなって五人家族は三人に減り、古くなった配管には不備が生じていた。それに、これから更に足腰が弱っていく母のために使い勝手を良くしたかった。二階建てで階段があるので、完全なバリアフリーは無理だったが。人気番組『大改造!!劇的ビフォーアフター』同様、骨組みを残して構造を一新する大工事になった。新築にしなかった理由は、建築法が変わって建坪率が変更され、以前と同じ建坪を確保できないからである。

二月半ば、私たち家族は兄の整骨院に近い江東区のUR賃貸住宅に引っ越した。そこは2LDKのマンションなので、荷物は必要最小限だけを運び、残りは有料倉庫に収納した。

六月半ば、やっとリフォームが終わって我が家に戻った。私は夏服を全部倉庫に置いてきたので、まさに滑り込みセーフだった。

URへ引っ越す時、私はそれまで使っていた自分の家具は全部捨てた。性格が「捨てる派」なので、物に対する執着が薄いのだ。

にもかかわらず、リフォームなった我が家の収納スペースは、あっという間に兄の書籍その他で埋まり、各部屋とリビングの床には段ボールが積み上がった。私は毎日、食堂から帰ると山のような段ボールを開け、中身を整理し、果てしなく廃棄と収納をくり返した。

あの日々のことは思い出したくもない。にもかかわらず、どうしても忘れられないのは、やはり母と関わりのある出来事だ。

長年日本舞踊を習っていたこともあるが、年ごとに着物の数が増え、私は収納場所に苦慮していた。そこでリフォーム後、天井収納庫に「桐の抽斗（簡易箪笥）」を置いて着物を収納することにした。

通信販売で四棹《さお》注文し、届いたは良いが、二階までの搬送を頼むと配達員は「できません」と断った。注文の際に確認しなかった私のミスだが、それにしても……。玄関に積まれた四棹の抽斗を前に、目の前が真っ暗になったが、手伝ってくれる人は誰もいない。

抽斗を抜き取り、空になった枠と抽斗を別々に担《かつ》ぎ、二階へ、それから天井収納庫へと、私は汗だくになりながら運び続けた。

と、一時間ほど経った頃、リビングのソファに座って時代劇専門チャンネルで『鬼平犯科帳』を観ていた母が言った。

「ねえ、夕ご飯まだ？　お腹空いた」

私は全身の血が沸騰し、頭をぶち破って噴出しそうになった。抽斗を担いでいなかったら殴っていたかも知れない。

「ねえママ、今包丁持ってたら、間違いなく刺してるよ」

私は結構ドスの利いた声で言ったつもりだが、母は不思議そうに私を見返すばかりだった。ああ、もう、この人に何を言ってもしょうがないんだな……。

母を見てるうちに怒りは鎮火し、代わりに諦めが浮上した。この年、母は八十一歳、私は五十歳だった。

家中を占拠していた段ボールは、八月に入る頃には何とか片付いた。地階の物置きに積み上げた段ボールが姿を消すまでには更に十年を要したが、それはまた別の機会に。

しかし、家が片付くのと比例して、私の精神状態はひどいことになっていた。とにかく気持ちが沈んでゆく。朝が来ると「どうして目が覚めてしまったんだろう」と落胆し、寝る前には「ずっと目が覚めなければ良いのに」と願う始末。それでも食堂を休むわけにはいかず、朝は仕方なく出勤する。食堂で身体を動かし、スタッフたちと軽口を叩くうちに少しは気分も上向いてくるのだが、帰宅して日が傾いてくると、またしても気分は沈んでいくのだった。

後日その時のことを話すと、食堂のスタッフは口を揃えて「ウソ！　山口さん、元気だったじゃない」と言った。そう、食堂にいる間は元気が出たのだ。食堂にいる間だけは。

私は完全に負のスパイラルにはまり込んでいた。デビュー作は全然売れず、「単行本を出してあげる」という口約束で新作を書いた出版社からは「ケータイ小説」に変更され、もらった原稿料は四百枚弱でなんと、九千円だった。新人作家としては崖っぷちに追い詰められていたのに、書く意欲がまったく湧かなかった。出版プロデューサーからは「今度こそ頑張ろうね」と発破を掛けられたが、どうしてもアイデアが湧いてこない。無理矢理振り絞って書いてみたが「ストーリーは良いけど、登場人物が背景に沈んでいて、全然キャラが立っていない」と突き返されてしまった。確かに、自分で書いていても全然面白くなかった。

こんなスランプは初めてだった。アイデアはいつも、歩いていると頭の上に鳥のフンが落ちてくるように、空から突然降ってきた。そのアイデアを眺めているとストーリーは自ずと湧いてきて、登場人物同士は勝手に芝居を始めてドラマを引っ張ってくれた。その全てが、すっかり消えてしまったのだ。

今にして思うと、更年期鬱を発症していたのだろう。年齢的にもピッタリだし、生活環境も忙しすぎたと思う。食堂に勤務しながら母の面倒を見て、二度の引っ越しと山のような荷物の片付け。私には荷が重すぎたのだ……体力的にも、精神的にも。

ただ、その時は自分が鬱であるとは夢にも思わなかった。自分のような明るい性格の人間が鬱になるわけないと思っていたし、更年期障害に鬱があることも知らなかった。ただ、不幸なのだと思っていた。

孔子は「五十にして天命を知る」と言ったが、私が五十で得た貴重な教訓は「忙しすぎると鬱になる」だった。

母と私の最初で最後の京都旅行

同居している長兄は二〇一八年まで江東区大島《おおじま》で整骨院を経営していた。患者さんを低反発マットを敷いた台の上に寝かせ、治療は全て兄を含めた熟練の施術者の手で行った。そんなわけで我が家には予備のマットが二組置いてあったが、それが整骨院で活躍する機会は訪れなかった。

その代わり、同年暮れに母が退院してから、低反発マットは大いに役に立った。私は毎晩母の隣で寝たが、床に敷いたマットのお陰で身体が冷えることも節々が痛むこともなく、安らかに眠ることができたからだ。

二〇〇九年三月のことだった。私は勤務していた丸の内新聞事業協同組合の冬のボーナス全額をはたいて、母を京都旅行に連れて行った。母の体調を考えると、二人で京都旅行ができるのは最初で最後になるかも知れないと思い、有名な炭屋旅館に一泊し、有名料理店で昼食を二回取る豪華プランを奮発した。

出発は二十二日の日曜日、折しも東京マラソンの開催日だった。車で東京駅まで送ってくれた兄は「十時過ぎると交通規制に引っかかる」と言って、かなり早めに家を出た。結果、新幹線の時間より一時間半も前に着いてしまい、仕方なく空いていた喫茶店に入って時間をつぶす羽目になった。

その頃の母はすっかり括約筋が弱り、下着の中にオシメ代わりのタオルを敷くのが常態となっていて、荷物の中にもタオルを十本以上用意した。京都駅に到着する早々、母が「出ちゃった」と訴えたので、二人で車椅子用のトイレに入った。最初は下着とタオルを洗ってビニール袋に入れて持ち帰るつもりだったが、予想以上に汚れがひどく、せっかくの京都旅行の始めにそんな作業をしたら楽しい気分が台無しになると思い、結局汚物入れに捨ててしまった。

遅めの昼食に「奥丹清水《おくたんきよみず》」という湯豆腐の有名店を予約しておいた。ガイドブックには京都の人なら誰でも知っている店と書いてあった。ところが駅から乗ったタクシーの運転手（多分、七十歳以上だと思う）は住所を言ってもまるで要領を得ない。カーナビはついていなかったが、地元のタクシー運転手が地理に不案内とは、いったいどうしたことなのだろう？

ついには携帯で奥丹に電話して、お店の方と直接話してもらったのだが、それでも埒《らち》が明かない。運転手も焦っていて、バックしたら他の車とぶつかりそうになって怒鳴られる始末。

怖いので車を降り、別のタクシーを探すことにした。と、目の前を人力車が通りかかったので「母だけでも乗せてもらおう」と思い、「奥丹までお願いします」と言ったら「あそこですよ」と一〇メートル先の店を指さされた……なんて騒動も、今は楽しい想い出だ。

無事に食事を終えて炭屋さんに着く前、母が「お土産に匂い袋を買いたい」と言い出した。私はまるで土地勘がないので、多分タクシーの運転手さんが案内してくれたのだろう。いかにも京都らしい風情のある店に立ち寄って、私も十個くらい買ったと思う。他のお土産は全部食べ物だったので、特に記憶に残っている。

炭屋旅館は高級老舗旅館で、私も一生に一度は泊まりたいと思っていたにもかかわらず、夕食の時間になると「しまった」と思った。食卓が座卓だったのだ。母はもう椅子とテーブルでないと、くつろげなくなっていた。係の女中さんはすぐに座椅子を用意してくれたが、そうすると卓の位置が低くて、やはりバランスが悪い。するとと今度は足付きの箱膳を座卓の上に置いて高さを補ってくれた。親切な対応だったが、最初から私が椅子とテーブル式の宿を選ぶべきだったのだ。

旅行の前、兄は「ホテルの方が良いんじゃないの？」と言ったが、炭屋に泊まりたい一心の私は一顧だにしなかった。今更悔やんでも後の祭りで、「来年は高級ホテルだ！」と自分を奮い立たせた。

ただ、親身にサービスしてもらったことは今も感謝している。夜、母は歯を磨こうとしてコップを割り、足の指を切ってしまったのだが、至れり尽くせりの手当をしていただいた。

その夜、布団を並べて母と寝た。私は興奮してすぐには寝付かれなかったが、酒も入って疲れていたので、いつの間にか熟睡していた。翌朝、母に「いびきをかいてたよ」と言われて耳を疑った。私は自分はいびきをかかないと思っていたので、信じなかった。ところが一昨年、スマホのアプリで調べた結果、一晩に一分〜一時間くらいいびきをかくことが分かった。ママ、疑ってごめんね。

翌日は朝食後、荷物を炭屋に預けて錦小路を観光した。千枚漬その他、京都土産を選んで宅配便で東京に送った。手ぶらで観光できるのは、本当にありがたいと思った。あの時、母が錦小路を歩き通せたのも、手荷物を持たずにいられたからだ。母は貝が大好物なので、昼食は貝専門の和食店を予約した。亡くなる二年ほど前から歯の状態が悪くなり、大好きな赤貝の刺身を食べられなくなってしまったが、この時は様々な貝料理を「美味しいね」と言って全部平らげた。

私も珍しい貝料理に舌鼓を打っていたが、またしても「あれ」が始まった。母が催して、しかもトイレが間に合わなかったのだ。

困ったことに、手ぶらで来たのでタオルの予備がない。私は店の女将さんに「使い古しで構いませんから、タオルを一本下さい」とお願いして急を凌いだ。女将さんは内心呆れていたかも知れないが、親切に対応して下さった。店を出る時「お母さんとご一緒の写真を撮りましょうか?」と声をかけてくれた。あの一声がなかったら、京都のツーショットは一枚も存在しなかった。女将さん、ありがとう。

午後四時過ぎには東京の自宅に帰り着いた。一泊二日の京都旅行は、旅館と飲食店を巡っただけで、観光とも言えない内容だった。

母は四十代の時、女学校時代の友人たちと京都旅行に行った。とても楽しく感動したようで、初めて見た修学院離宮や桂離宮の美しさを何度も話してくれた。十年前ならかつての想い出の地を巡ることも可能だったろうが、この時は錦小路を歩くのがやっとだった。

それでも母は楽しんでくれたらしい。何年か後になっても、たまに思い出したように「本当に楽しかったね」と口にした。

考えると、私の胸にはやはり悔いが湧いてくる。母がもっと若くて健康なうちに、二人で旅行する機会を持てば良かった。最初で最後の京都旅行の前に、普通の観光旅行をしておくべきだった。

確かに私も母も忙しく、お金もなかった。しかしそれ以上に足りなかったのは心の余裕だった。もう少し心にゆとりがあれば、一泊二日の旅行くらい行けないことはなかったのに。

京都旅行の想い出は、ほんのり甘く、少し哀しい。

第3章 介護と悔悟の日々

介護認定申請で地獄から天国へ

第1章で書いた、母の墓を買った「小石川墓陵」から先日、封書が届いた。中身はカタログで、スイーツ・フルーツ・魚肉類・総菜類・酒等、様々な食品・食材が掲載されている。中から一つ選んで返信すると自宅に届くという、結婚式の引き出物や香典返しでお馴染みの品だ。

でも、どうしてまた、私宛に？　と、不意に思い出した。小石川墓陵を紹介してくれた叔父は「エコちゃんのお陰で、グルメカタログもらったよ」と言っていた。私がこのエッセイで墓陵について書いたので、紹介者とみなされてカタログが届いたのだろうか。

読者の皆さま、お陰様でゴチになります。

カタログは贈答品として大流行だ。誰もがもらって喜ぶ品というのはないし、かといって商品券では味気ない。そんな時に役に立つ。でもカタログもピンキリで、母の葬儀の香典返しに使った高額カタログ掲載の品を見て、私もいつかいただきたいと思ったものだ。

✿

母の介護保険証を調べたら、届出日は平成二十二（二〇一〇）年五月六日となっていた。すると介護保険のお世話になった期間は丸十年間に満たなかったわけだ。もっと長い時間が経っていたような気がするので、正直意外だった。

同時に、母の異変に気付いてから介護認定を申請するまで約十年も掛かったとは、今更ながら我が身のうかつさに呆れてしまう。

我が家の父方は長寿家系で、祖父母は九十代、父は八十五歳で、入院することなく自宅で亡くなった。所謂《いわゆる》「ピンピンコロリ」だった。頭の方も「ボケ」とは無縁で、死ぬまでしっかりしていた。つまり私は本当の意味で「老人」を知らなかった。頭と身体が急激に、あるいは徐々に衰えてゆく高齢者と身近に接した経験がなかった。だから老い衰えてゆく母を前に、為《な》す術《すべ》もなく十年も過ごしてしまったのだと思う。

二〇〇七年秋、私の働いていた社員食堂にAさんというスタッフが入ってきた。私より六歳年上で、介護施設の食堂で働いていた経験を持ち、町内会の役員も務めていた。当然ながら介護や福祉に関する知識と情報が豊かで、明るく面倒見の良い性格でもあった。私はAさんと気が合って、よくおしゃべりしたのだが、私の話には母が頻繁に登場する。それを聞くうちにAさんは母の現状を悟ったのだろう、二〇〇八年の暮れに「お母さんは介護認定を受けた方が良いんじゃない?」とアドバイスしてくれた。

Aさんに指摘されるまで、私の頭には「介護認定」の「か」の字もなかった。当時の母は自分の足で歩けたし、たまに粗相はするものの、食事もトイレも入浴も一応は介助なしでできた。時にはトンチンカンなことを言うが、普段はそれなりに筋の通った話をするし、読書好きで、毎日時代小説文庫を読んでいた。母は私のイメージする「介護保険のご厄介になる老人」とは違っていたのだ。

Aさんの忠告を受け容れて申請するまで更に一年以上を要したが、「オシメの洗濯だけでも楽になるから」と保証してくれた言葉は真実だった。介護認定後、区に申請すると尿取りパッドを無料(後に一割負担)で支給してくれた。お陰でオシメの洗濯から解放され、日々の介護が格段に楽になり、天国と地獄ほど違った記憶が残っている。

情報というのは、役に立つ内容がどれほど身近に氾濫していても、本人に興味や関心がなければ、一顧だにされずに霧散してしまう。私もAさんと出会わなければ、介護認定を申請するという発想を持てなかっただろう。

これは介護だけに限らないが、身近に気軽に話のできる人がいるのは重要だと思う。情報はインターネットでいくらでも入ってくるが、何を得て何を捨てるかは本人の判断に委ねられる。しかし、本人が見落としている点や気付かない点は、第三者に教えてもらわないと分からない。案外、第三者だからよく分かることもあると思う。

高齢者を狙った様々な詐欺事件も、被害者の身近に気軽に話のできる友人が何人かいたら、防げる場合も少なくない。「セレブが金貸してくれって言うわけないでしょ」「そんなうまい話、どうして赤の他人のあなたに教えてくれるの？　私なら内緒で自分だけ儲けるわよ」「絶対儲かる株なら、その人は何万株買ったか訊いてご覧よ」等々、ハッと目を覚まさせるセリフを、友人の誰かが言ってくれるかも知れない。

気の合わない人と無理に付き合う必要はないし、始終他人と群れる必要もない。

だが、孤立しては損だと思う。気軽に会って（電話でも）話ができる相手は、いるに越したことはない。人間は「人の間」と書くのだから。

母の介護認定は最初は要支援2、翌年に要介護1に変わった。

私が介護保険のありがたみを痛感したのは、認定を受けた早々の夏だった。母が階段から足を踏み外して捻挫し、歩けなくなってしまったのだ。階段も上れないので、ひと月ほどリビングに低反発マットを敷き、母はそこで寝たり起きたりの生活になった。膝立ちはできたので、用便は私が介助しておまる代わりに大型のプラスチック製食品保存容器でさせた。

ただ、私も兄も仕事で家を離れている時間、母を家に一人で残しておくのが心配だった。ケアマネジャーさんに相談すると、すぐにヘルパーさんを手配してくれた。

ところがその日の午後、私が食堂から帰宅すると、母は開口一番「ヘルパーさんを断って」と訴えた。粗相して寝間着《ねまき》を汚してしまったのを、着替えさせて身体も拭いてくれたというのに「一人で大丈夫だから、もう家に来させないで」と言って聞かない。父が工場を経営していた時代、住み込みの従業員とお手伝いさんがいて随分気疲れしたらしく「二度と家の中に他人を入れたくない」と頑なに思い込んでいたのだ。仕方なくヘルパーさんを断ったが、幸いなことにそれから回復するまで、母は無事に日を送ることができた。

母は独身の息子と娘と暮らしていたので、早い話がお付き女中と専属運転手にかしずかれているような生活だった。日常生活の面倒は全て私と兄が見ていて、介護保険を目一杯活用して他人の手を借りたのは晩年の数ヶ月だけだった。

それでも介護認定を受けて、私は精神的にとても楽になった。まずは尿取りパッドの件。次に、私がそばにいられない時はケアマネジャーさんに相談して、誰かに世話を頼めるという安心感。これがあるとないとでは精神の負担が大きく違う。

ゆっくり下降線をたどっていった晩年の母との生活は、この二点に支えられる部分が大きかったと思う。

喜びも悲しみもデイサービス

二〇一九年六月六日の早朝、有楽町のニッポン放送へ出掛けた。数年前から『垣花正　あなたとハッピー！』（月～木の八時から放送）に月一回、ゲストで呼んでいただいているのだ。毎回本番の四十分くらい前にスタジオ入りし、垣花さんを交えてスタッフとその日取り上げる話題について軽く打ち合わせをする。

垣花さんもアシスタントの那須恵理子さんも、アナウンサーとして優れているだけでなく、人間的にも深みとユーモアがあって、とても信頼できるお人柄だ。それにお二人とも百戦錬磨のベテランなので、私は時間を気にせず好きなことをしゃべっていれば良く、いつも「大船に乗った気で」番組出演を楽しんでいる。

この日もいつも通りにスタジオ入りすると、スタッフの方が「お誕生日おめでとうございます」と花束を差し出して下さった。ビックリしたが、誕生日に花などもらったことはなかった（少なくとも過去三十年以上！）ので、素直に嬉しかった。

帰宅すると早速母の部屋に行って「ママ、お花もらっちゃったよ。良かったね」と報告し、花瓶に挿して窓辺に飾った。

かつて母は子供たちの誕生日に「ハッピーバースデートゥユー」を歌ってくれた。大人になるとさすがに嬉しいより恥ずかしく、正直ありがた迷惑だったが、母は毎回歌い続けた。前年も歌ってくれた。

母の遺影を眺めながら、もう誰も誕生日に「ハッピーバースデートゥユー」を歌ってくれる人はいないのだという思いが、しみじみ胸にしみ入った。

母はもういない。頭では分かっていたその事実が、ストンと腑に落ちた瞬間だった。

✿

介護認定を受けてから、江戸川区に申請すると無料（後に一割負担）で尿取りパッドが支給されるようになり、オシメの洗濯から解放されて日々の暮らしが大いに楽になったことは前にも書いた。

ただ、正直なところ、最晩年の数ヶ月を除いて、母はあまり介護保険のお世話にならなかった。

その一番の理由は介護度が低かったことで、母は要介護1と要介護2の時代がずっと続いていた。後に要介護5になって分かったが、介護度が上がると使えるサービスが格段に多くなる。それについてはいずれ詳しく書きたいと思うが、要介護1や2では、車椅子や手すりなど福祉用具の貸与、デイサービスの利用、介護ヘルパーの派遣くらいしか利用可能なサービスがない。おまけに母は家の中は自分の足で歩けたし、独身の娘と息子と同居しているので、日常の世話は足りていた。いろいろ厄介なことはあったが、他人の助けを借りるほどではないという気持ちだった。

「そんならデイサービスを利用したら？　お母さんが一日施設に行ってくれるだけでも、山口さん、息抜きになるわよ」

そうアドバイスしてくれたのは介護認定を勧めてくれたAさんだった。「隣の奥さんはお姑さんがデイサに行っている間に、民謡教室に通ってるの」「近所のお爺さんは最初は嫌がってたけど、今じゃ週三回のデイサを指折り数えて楽しみにしてるって」等々、いろいろな情報を教えてくれた。

「デイサもお遊戯型とか学習型とか、いろんなタイプの施設があるから、お母さんの好みを聞いて、ケアマネさんに相談してみなさいよ。きっとお母さんに合った施設が見つかるから」

　Aさんのアドバイスは非常に魅力的だった。丸シンの社員食堂は一月二日以外年中無休なので、私は平日にも公休を入れていた。仕事が休みの日、母が一日家にいなかったら、さぞのんびりするだろう。別に母がしょっちゅう私に用事を言いつけるわけではないが、いるといないとではリラックス度が大きく違うはずだ。

　すぐにケアマネジャーに電話して、資料を用意していただいた。

「絢子《あやこ》さんには学習型のレクリエーションが充実している施設が合うと思うので、いくつか探してきました」

　持ってきてくれたパンフレットの中から一日滞在型のある施設を選び、週一回利用することに決めた。契約に際しては施設の職員二名が家に来て、母ともコミュニケーションを取りながら、親切に内容を説明して下さった。

　デイサービスの一日目、朝マイクロバスで迎えが来て、母は職員に付き添われて玄関の階段を下り、乗車した。それから夕方に帰ってくるまで八時間ほどだったろうか、私は本当にのんびりした。別にどこかへ遊びに出掛けたという記憶はないから、きっと書きかけの小説（しかも発表の予定のない）を書いたり、テレビを観たりして過ごしたのだと思う。ただ、のんびりしたことを覚えている。

母に「どうだった？」と訊くと「楽しかったよ」と答えたので、私は内心「やったね！」と快哉を叫んだ。これで週一回は、半日母の世話から解放されて、自分だけの時間が確保できる。

母も当初はデイサービスに馴染もうとしていた。ある日「図書館で折り紙の本を借りてきてくれない？」と頼まれた。デイサービスで折り紙の時間があるので、自主的に勉強したいのだという。

後日、施設で折った折り紙に台紙を当て、絵のように表装したものをいくつか持ち帰ってきた。

「きれいねえ。上手いじゃない」

大して上手くはなかったが、私は熱心に褒めた。このまま折り紙に興味を持ち続けてくれたら、退屈せずに時間を過ごせるだろうと思ったからだ。

しかし、三ヶ月もしないうちに、母はデイサービスに行くのを嫌がるようになった。

「だってお遊戯して折り紙してお昼ご飯食べたら、後はただ放っとかれてテレビ観るだけなんだもの。それもママと同じようなボケた爺さん婆さんに囲まれて。ウンザリしちゃうわ」

母の言い分を聞いて、私が小学生の頃、母が村山リウの『源氏物語』の講座に通っていたこと、中学生の頃には女学校時代の友人五、六人と国文学の教授を招いて古典を楽しむ会を作っていたことなどが思い出された。

そりゃそうだよな……と納得してしまった。

もし、カルチャーセンターのようなデイサービスがあって、和歌、源氏物語、コーラス（母は娘時代に声楽家を目指していた）、近代女流文学……などの講座を備えていたら、母も喜んで一日過ごせたかも知れないのだが、無い物ねだりだろう。

母のワガママ、私の憂鬱

自宅に届いた「女性セブン」に担当者からの手紙が添えられていて「先日佐藤愛子先生にお目に掛かったら、この連載を楽しみに読まれていて、面白いと仰っていました」とあって、大いに感激した。

実は私も母も佐藤さんの大ファンで……というより母が買ってきた小説やエッセイを読んで私も大ファンになったのだ。

ユーモア溢れる軽快なエッセイから胸に響く重厚な長編小説まで、今も忘れられない作品はいくつもあるが、それと同じくらい感動したのは、作品を通して伝わってくる佐藤さんの、勇敢で潔い生き方にだった。今出来《いまでき》の〝男前〟とはものが違うことは、読めば分かる。母も私も「〝男らしい〟という言葉は佐藤愛子のためにある！」で意見が一致していた。

「ママ、佐藤愛子さんが褒めてくれたんだって！　良かったね！」

手紙を遺骨の前に供えて報告した。母の遺影は何も言わずに微笑んでいたが、きっとあの世で万歳三唱していたに違いない。

✿

母はデイサービスに通い始めたが、三ヶ月ほどで行くのを嫌がるようになった。無理強いもできず、結局通わなくなってしまった。

「自分と同じようなボケ老人の相手をしたくないって言うのよ」

私が愚痴をこぼす相手は食堂スタッフのAさんだった。

「それじゃ、半日コースなら良いんじゃないの？　お昼に出掛けて夕方帰ってくるから、施設にいるのは正味四時間くらいよ」

「へえ、そういうのもあるんだ」

情報通のAさんには本当に助けられた。Aさんに出会わなかったら、母の健康状態がかなり悪化するまで、私は介護サービスを利用できずにいたと思う。

ケアマネジャーさんに相談すると、半日コースの施設をいろいろ調べてくれ「ここはリハビリに力を入れているし、介護度の低い方が多いから、絢子さんも気に入るんじゃないでしょうか」と、ある施設を紹介してくれた。

資料を見るとリハビリの時間を一日二回設けているので、ここなら退屈しないで時間を過ごせるのではないかと思えた。それに、何と言ってもたったの四時間なのだ。一週間に四時間くらい辛抱できるだろう……。

ちなみに現在、要支援2（その後の認定見直しで、要介護2に上がった）の兄は週二回半日のデイサービスに通っているが、費用は二割負担で月に五千円弱。母の場合は一割負担で週一回だったから、二千円も掛からなかったはずだ。

これを書いていて急に思い出したが、最初の施設に通っていた頃、母が「職員さんにしがみついて離さない人がいるのよ。『すみません、僕は次の仕事があるんです』って言ってるのに、手を摑んで離さないの。可哀想にねえ」と言ったことがある。その時の母の気持ちには「私はそんなみっともない真似はしない」という気概があったと思う。同時に「あんな人と同列に扱われたくない」という嫌悪感もあったのではないか。それでデイサービスに行くのを嫌がるようになったのかも知れない。

ただ、母は仲の良い息子と娘と同居していた。だから孤独感とは無縁でいられた。しかし、気の合わない家族と暮らしていたり、一人暮らしだったりすれば、誰しも寂しい気持ちになるだろう。感じの良い介護職の人と触れ合う時間だけ、孤独から解放されていられるとしたら、すがりつきたい気持ちも分かる。

兄も介護サービスを利用するようになり、介護職の方とは何人もお目に掛かってきたが、総じて明るく人当たりの良い人が多い。だから高齢者に好かれるのも無理ないし、高齢者に好かれないと困る仕事でもある。難しいところだ。


さて、この半日コースのデイサービスも、やはり通い出して三ヶ月ほどで、母は行くのを嫌がるようになった。

「そんなこと言わないで、続けようよ」

「たった四時間じゃない。昼寝してる間に終わっちゃうよ」

「このまま家に籠ってたら、私とヒロちゃん（兄のこと）以外の人と会わないでしょう。刺激がなくて、どんどん年取っちゃうよ」

私は必死に言葉を探して説得した。

冷静に考えれば、往復時間を含めて、一週間に五時間程度母が家を空けるか空けないかで、私の時間がそれほど大きく影響されるわけではない。食堂で働いている間は家を留守にしていたし、月に一度か二度は兄に留守を頼んで脚本や小説関係の友人の集まりに出掛けていた。

しかし、休日で家にいる時、母が五時間家を空けてくれるのは魅力だった。その間、誰にも煩《わずら》わされず自分の時間を好きに使える。……もっとも、よくよく思い返せば、その時間を有効に使ったことはない。テレビを観ながらダラダラしていた記憶しかないのだから。

ただ、ケアマネジャーさんに「家の中に閉じ籠って家族だけとしか会わないと、社会性が欠如して、認知症の進行に繋がる」と言われたことも確かで、ボケ防止のためにもデイサービスは続けてもらいたかった。

すると母は最後の手段に打って出た。

お迎えの車が来ると「お腹が痛い」「気持ちが悪い」と仮病を訴えるのだ。

「幼稚園児じゃあるまいし、みっともない真似しないでよ！」

そう怒鳴りたい気持ちは山々だったが、ここで怒鳴っても事態が改善しないのは目に見えていた。

「分かったわ。じゃあ、今日は断るから、来週頑張ろうね」

私は玄関を出て、職員さんに頭を下げて平謝りした。

するとさすがに次の週は渋々迎えの車に乗り込むのだが、その次の週にはまた

「お腹痛い」「気持ち悪い」が始まる。

二回ほどそんなことがあった後、母は「ねえ、どうしてもう、あんな所に行きたくないの。お願いだから止めさせて」と頼んできた。私の方も、これ以上あんな下らない遣り取りをするのは嫌気が差していたので「分かった。しょうがないね」と答えるしかなかった。

翌日、ケアマネジャーさんに退所の旨を連絡した。

「やっぱり、実の娘さんと同居している方は、ワガママが出ちゃうんですよねえ」

ケアマネジャーさんは溜め息交じりにそう言ってくれた。こんな子供じみたワガママを言うのが母だけでないことを知り、ちょっぴり救われた気がした。

出張リハビリと神楽坂の夜

我が家のリビングの片隅には、一輪車から車輪を外したような器具が置いてある。負荷が調節できるので、フィットネスからリハビリまで使用できる。実は私が下半身痩せの目的で購入したのだが、すぐに使わなくなってオブジェと化して鎮座していたのを、最晩年の母のリハビリに活用するようになった。

母が寝たきり状態に陥った時、もう誰も使う人がいないので捨てようとしたら、兄が「俺が使う」というので断捨離を免れた。ところが兄も口ばっかりで、自宅で自主的にリハビリなど全然しない。そんなわけでまたもやオブジェと化している。

リビングにいるとイヤでも目に入るその器具を見ると、必死にペダルを漕いでいた母の姿が思い出される。

あの時、私はこんなに早く別れが来るとは夢にも思っていなかった。低空飛行なりに、この先十年くらい一緒に暮らせると頭から信じ込んでいた。高齢者の体調が月単位、週単位で激変することなど、まるで知らなかった……。

母が半日コースのリハビリを止めたのは確か二〇一一年の後半だと思う。次にリハビリを再開したのは二〇一四年で、その間三年も経過している。これは私の仕事の都合もあるが、母の健康状態が低レベルなりに安定していたことも大きい。

「デイサービスがダメなら、出張リハビリもあるわよ。リハビリの先生が家に来てくれて、指導してくれるの。これなら家でできるし、長くても一時間くらいだから、お母さんも大丈夫じゃない？」

半日デイサービスを止めざるを得なくなり、私がまたも愚痴ると、Aさんは新たな耳寄り情報を教えてくれた。

すぐさま飛びつきたい気持ちはあったが、当時私の勤めていた食堂は問題続出で危機感が漂っており、正直、それどころではない状況だった。二〇一二年夏には元凶の主任が急病で退職し、私が主任を継いだ。すぐさま食堂改革に着手して、人生で初めてダイエットしないのに激痩せするほど働いた。

そして二〇一三年、私は『月下上海』で松本清張賞を受賞した。「食堂のおばちゃんが文学賞を獲った！」というので話題になり、取材が殺到した。あの期間、私は食堂の仕事と山のような取材をこなしながら、初めて陽の当たる場所でエッセイや小説を発表できる喜びに燃えていた。今思い出しても、よく病気もせずに乗り切ったと思う。四捨五入して還暦になっていたのに。

やっと身辺が一段落したのは翌年の四月だった。十二年間勤めた食堂を退職し、専業作家となった。書く仕事は山積みだったが、食堂に勤めていた頃に比べれば、時間にも気持ちにも余裕が生まれた。

するとにわかに「そうだ、出張リハビリ頼もう！」と思い立った。

ケアマネジャーさんに相談した結果、母は一番短い四十分コースを選んだ。紹介されたのはRさんという作業療法士で、三十くらいの明るくて爽やかな感じの方だった。家に来ると、いつも最初に「水道をお借りします」と手を洗い、それからリハビリに取りかかった。

まず血圧を測定し、床に敷いたマットの上で簡単なマッサージを施し、手足の上げ下げから始まって、軽い運動療法が続く。覚えているのは足指のジャンケンと、タオルの上に立って、足先を閉じたり開いたりする運動。母はそれがとても上手かった。お世辞かも知れないが、その運動の度にRさんが褒めて下さったので、私は嬉しくなった。

階段を二階まで上って下りる運動は難関とされていたが、あの頃、母は両足を交互に出してスムースに階段を上ることができた。

リビングに置きっ放しのペダリングマシンを見て、リハビリに利用することを提案したのはRさんの方だと思う。一日の最後のメニューはペダリングになった。母は初回、負荷ゼロでも三〇回しかペダルを漕げなかった。しかし一年後には一六〇回まで漕げるようになった。筋肉は鍛えれば九十歳でも発達するのだと、Rさんは仰っていた。

リハビリは週一回だが、ペダリングだけは自主練を週二回するように、私は母をなだめすかし、何とか実行させた。

「折角三〇回漕げたんだから、次は四〇回漕げるようになろうよ」

「一事が万事だよ。足が丈夫になれば、もっといろんな所にお出掛けできるんだから」

私からすればまるで歯応えのない運動でも、高齢の母には負担だったと思う。素直に従ってくれる時とダメな時があったが、それでもペダリングの効果が発揮される機会は訪れた。

私は食堂を退職したものの、仕事に追われて家事に割く時間は乏しく、毎日の食事はほとんど鍋のローテーションで、寄せ鍋・水炊き・味噌鍋・豆乳鍋・カレー鍋と、お粗末極まりなかった。だから週に一回は三人で美味しい物を食べに行くことにしていた。

昨今テレビではグルメ番組が大流行だ。三人でそういう番組を見ては「あそこ、美味しそうだね」「来週、行ってみようよ」などと、毎日のように話し合った。清張賞受賞以来、嵐のように通り過ぎた時間の中で、それはささやかだが楽しい想い出になっている。

その年の夏の終わり頃、テレビで観た神楽坂の中華料理店に出掛けた。途中までは兄の車で行ったのだが、神楽坂は時間帯で上りと下りの通行が変わる。その時間だと上りがNGで、歩いて上るしかなかった。私と兄は両側から母の脇に手を差し入れて身体を支え、ゆっくり坂を上り始めた。ほとんど遭難者と救助隊員のような格好ではあったが、母は途中で休みを入れながらも、何とか坂の中腹にあるその店までたどり着くことができた。

「やっぱり、リハビリの成果よ。やってて良かったね！」

私は母の快挙にはしゃいだが、母は結構げんなりした顔をしていた。疲れ切って、喜ぶ気力もなかったのかも知れない。

それでも、私の心には新たな希望が生まれた。このままリハビリの回数を増やし、筋肉を強化すれば、母はもう一度自分の足で外を歩けるようになるのでは……という願望だ。

一人で外出することは無理でも、百メートルくらいしっかり歩ければ、お花見だってできる。ここ数年のお花見は兄の車に乗って桜の名所を通り過ぎるだけだったが、車を降りて花を見ながら歩けるようになれば、それは母には素晴らしいに違いない。来年のお花見は、また三人で桜の木の下を歩けたら……。

リハビリを週二回に増やそう。私はそう決心した。

母の主張を受け容れるしかないのか

私は三日坊主で飽きっぽい性格だと思う。自分が好きで始めたことでも、義理や義務で縛られていないと、何事も長続きしない。

その私が二〇一四年から毎日備忘録を書き続けているのは、我ながら驚きだ。実は食堂勤務をしていた頃、職場にトラブルが発生し、自衛のためにやむなくメモを取る習慣を身につけた。その流れで、食堂退職後は日々の出来事や心境を書き留めるようになった。

以前の記録を読み返してみたら、我が家の一大事をまるで忘れていて啞然《あぜん》とした。二〇一七年に兄が二回も脳梗塞を発症したことは良く覚えているのに、その前年、脳腫瘍の治療でレーザー照射を受けたことは完全に記憶から抜け落ちているのだ。「頭が丸坊主にされて痛々しい」と書いてあるのに。

母についても、私の日本舞踊の浴衣会に出席したのは二〇一〇年が最後だとばかり思っていたら、二〇一四年の会に兄の車に乗って出席したとある。しかも「最近は若い男の子の顔は宅配便のお兄ちゃんしか見ていないけど、今日は大勢の顔が見られて良かったわ。やっぱり若い男の子って良いですね」とスピーチまでして、笑いを取っているのだ。

今更ながら、人間の記憶は本当に当てにならないと呆れてしまう。穴ボコがあちこちに空いていて、大切なことも抜け落ちてゆく。

だからこそ、過去の記録を読んでいると、新しい母に出会ったような気がする。そしてちょっぴり新鮮で、楽しい気持ちになれる。

五年の月日は、ただの備忘録を私の財産に変えたらしい。

母の出張リハビリを担当してくれた作業療法士Rさんは、お子さんが生まれたばかりだった。Rさんは乳飲み子のエイト君とヨークシャーテリアのココちゃんをスマホで撮影し、毎回リハビリの後で映像を見せてくださった。ココちゃんが姉のように赤ちゃんを守り、可愛がる様子は、それはそれは微笑ましく、母も毎回二人

（？）の映像を見るのを楽しみにしていた。

つまりRさんは上手く母の心を摑んでいたわけで、この分ならリハビリを週二回に増やしても大丈夫だろうと、私はそう判断した。

しかし、やはり私の考えは甘かった。それから四ヶ月後、母は「お願いだから週一回以上先生を来させるのは止めて」と訴えた。

「ママはね、先生が家に来る度に、失礼にならないように、もの凄く緊張するのよ。途中でおならが出たり、オシッコが漏れたりしたら困るから、前の日からあんまりお茶を飲まないようにしたり、出すものはなるべく前の日に出すように、本当に必死なの。こんな思いを一週間に二度もするのは、とても耐えられないわ」

「ねえ、ママ、先生はリハビリの先生なんだよ。お医者さんと同じ。大勢の年寄りのリハビリを担当してれば、中には途中でウンチやオシッコ漏らしちゃう人だっているよと思うよ。それが先生の仕事なんだよ。だからママも、そんなこと気にしないで大丈夫だから」

「とにかく、ママは絶対にイヤなの！　週一回にして！」

その後も私は説得を試みたはずだが、本人に週二回のリハビリを受け容れる意思がない以上、母の主張を受け容れるしかなかった。

「その代わり、今まで以上に自主練するんだよ。先生のリハビリの他に、週二回はペダル漕ごうね」

母は、その約束はある程度律儀に守った。備忘録を読むと、三〇回から始まったペダリングは一年後に一六〇回を達成するのだが、坂道を上るように一直線に増えたわけではなく、一〇〇回を超えてから体調不良でリハビリを休み、四〇回に戻ったりとか、上下動をくり返している。そしてその後も、減ったり増えたりしながら、三年以上リハビリは続いていた。

七十歳を過ぎてから、母は高血圧と糖尿病が持病になり、血圧と血糖を投薬によってコントロールしていた。八十五歳を過ぎてからは血糖コントロールは投薬からインシュリン注射に変わった。そして八十代後半から、歯の状態が悪くなった。正確に言えば虫歯ではなく歯周病だろう。硬い物が噛めなくなってきた。

最初は私が付き添って兄の整骨院の近くにあったK歯科に治療に行った。そこで奥歯の抜歯が必要と診断されたのだが、高齢者の抜歯は危険が伴うらしく、順天堂東京江東高齢者医療センター内の歯科口腔外科を紹介された。無事に抜歯は終了したが、その後で担当の歯科医師にハッキリと告げられた。

「正直、土台がダメになっているので、上下の歯を全部抜いて総入れ歯にするしか根本的な治療法はありません。しかし、この年齢でそんな大掛かりな手術をしても、今より物を嚙む時の状態が良くなるという保証はありません」

つまり、小手先の治療をくり返しながら、今ある歯を大事にする以外ない、ということだった。

その時の母は煎餅のような硬い物は無理でも、普通の和・洋・中の料理は食べられたので、私も温存療法には大賛成だった。

そして再度K歯科を訪れた時のこと。私もメンテナンスを受けていたので、先に呼ばれて治療を終え、待合室に戻ってくると、ドブのような異様な臭いが立ちこめている。いったい何が起こったのかと困惑していると、受付の女性が近づいてきて

「お母様、漏らしちゃったみたいなんですけど」と耳打ちした。

私は顔から火の出るような思いで平謝りし、母をタクシーに乗せて家に連れ帰った。それ以後、母はK歯科には行っていない。

赤ちゃんだったエイト君はすくすくと育ち、保育園に入園した。その運動会の映像をRさんが見せてくれた翌日、ふたたび母は言った。

「お願い。ママは自分で一生懸命頑張るから、もう先生は断って」

二〇一七年の初春だった。三年も続いたリハビリをどうして急に拒否したのか、

私には分からない。唯一考えられるのは、母にしてみれば「三年我慢したけど、もう限界」だったということだろうか。

それまでにも何度か仮病を使ってドタキャンしたことがあって、それは仕方なく認めたけれど、出張リハビリは母の健康の最後の砦《とりで》なのだ。今回は簡単に引き下がるわけにはいかなかった。

しかし、結局は母の希望を受け容れてしまった。人生の残り時間を考えたからだ。母はすでに九十歳。本人の意向に反してリハビリを強制したとして、寿命はどのくらい延びるのだろう？　もしかしたらストレスによって、却って短くなるかも知れない……。

残り時間の問題を抜きに、高齢者の生活は考えられない。

ママ、今までごめんなさい

二〇一九年六月一日土曜日、凶悪なタマ（前年六月に保護した黒猫♀）に右手を引っ掻かれて流血した。これまで何度も流血させられていたので、私は特にあわてることもなく、アルコール消毒して傷絆創膏を貼っておいた。今まではそれですぐ治ったので、安心していた。

ところが、夜になっても痛みが引かない。（変だな？）とは思ったが、酔っ払って寝てしまった。すると翌日、自分の手を見て仰天した。親指の付け根部分が、掌《てのひら》側も甲側も、ゴムまりのようにパンパンに腫れ上がっているではないか。顔を洗おうとしたら歯ブラシがまともに持てず、タオルも絞れない。ペットボトルも開けられない。これはただ事ではない。正直、怖くなった。明日の月曜日は雑誌の仕事で出掛けなくてはならないのに。

日曜日だったが、兄の訪問医山中先生（年中無休で二十四時間対応。母の訪問医だったが、引き続き兄の訪問診療をお願いしている）の診療所に電話し、兄の車で駆け付けて診断を仰ぎ、処方箋を書いていただいた。薬局で抗生物質を買って飲み、後はひたすら祈った。

幸い薬が効いて、翌日はいくらか腫《は》れが引いてきた。

ホッとしたのも束の間、その日お目に掛かった消費生活アドバイザーのWさんに衝撃的なお話を伺った。なんと、Wさんのお母様は猫に引っ掻かれて感染症を起こし、一週間も入院したという。

危機一髪、助かった！

私は自分の幸運を天に感謝すると共に、今現在食堂に勤めていなくて本当に良かったと思った。丸シンの食堂はギリギリの人数で運営していたから、怪我人や病人が出ると他のスタッフに大きな負担を掛けることになる。

そしてその夜、ふと考えた。母は、頭も含めた自分の体調がどんどん悪化してゆく事態を、どのようにとらえていたのだろう？

二〇一三年に松本清張賞を受賞した後、私は生まれて初めて「担当編集者」を持った。通常、担当編集者と著者が直接会うのは年に数えるほどだが、私は「食堂のおばちゃん」が受けてメディアの取材が殺到したので、文藝春秋の担当Aさんが取材スケジュールを調整し、現場に立ち会い（深夜のラジオ出演から明け方のテレビロケまで）、ほとんどマネジャーのように面倒を見て下さった。だから私と母の〝癒着ぶり〟もご存じだった。

受賞から半年ほど経った頃、Aさんは「山口さんは良いですね。お母様がお元気で」と溜め息交じりに漏らした。

「うちの母も認知が出ているんですが、どうもそれが自分でイヤみたいで……暗くなりましてね。鬱なんでしょうか。死にたいとか言うんですよ」

軽々しく立ち入れる話ではないので、その時は「大変ですね」とか、通り一遍のことしか言えなかった。後日、徐々に事情を知ることになったが、Aさんのお母様は母より三、四歳年下で、所謂「良妻賢母」の典型のような、大変優秀で良くできた方だったらしい。だから自分が認知症になり、それまでできたことができなくなるのに耐えられなかったのだろう。「こんなこともできないなんて！」と嘆く日が続いたという。そして三年前に亡くなられた。

母は父が亡くなってから知力も体力も急速に衰え、娘の私におんぶに抱っこになっていくのを自覚していた。そして事あるごとに言った。「ママはエコちゃんと仲が良くてホントに良かった。仲悪かったら面倒見るのイヤだもんね」「優等生だった人はボケると大変よね。ママなんか昔から抜けてるから、全然平気」。私はその度に「ホントにそうよね」と答え、二人で笑っていた。

二〇〇九年の秋、食堂から帰宅するとリフォームしたばかりの家に妙な臭いが漂っていた。調べると台所のキッチンマットの下にウンチがしてあった。当時はヤマトというボケの始まった大きな虎猫が存命だったので、私は母と猫を見比べて「どっちがやったんだ?」と考え込んだ。そして思い切って母に尋ねた。「ねえ、ママ、台所でウンチ漏らした?」「ううん、してない」「でも、マットで隠してあったよ」「ママは漏らしたって隠さないもん」「そうだよね!」というわけで犯人はヤマトと判明した。

自分のボケをネタにする時も、私にとんでもない質問をされた時も、母は終始あっけらかんとして傷ついた様子は全然なかった。だから私は母は平気なんだろうと思っていた。自分がどんな状態になっても、必ず私が最期まで面倒を見ると確信しているから、安心しているに違いないと。

確かに、安心はしていたと思う。だが、日々衰えてゆく自分の姿に、不安や苛立ちややるせなさを感じていなかったわけではないだろう。人は自分の気持ちを全て言葉に表すわけではない。

私は急激に老い衰えてゆく母の言動に戸惑い、焦り、不安に駆られ、翻弄され続けた。その間、考えるのは自分の気持ちばかりで、老衰の当人である母の気持ちを慮《おもんぱか》ったことは一度もなかった。

その事実に、自分が怪我をするまでまったく思い至らなかったことに、今になって愕然としている。

私は老いた母に「何があっても大丈夫だよ。私がずっとそばにいるからね」と言い続けた。しかし、母の気持ちを察したことはなかった。母の心に哀しみや寂しさが兆《きざ》しているかも知れないとは、まるで想像しなかった。母の気持ちに寄り添おうとする気持ちが、私には欠けていたのだ。

昔の母は美しく才気煥発で話が面白く、料理が上手で裁縫が得意で、着る物のセンスの良い人だった。子供の頃から大人になるまでずっと、私のあこがれだった。その全てが失われてゆくのを身を以て体験しながら、何も感じないでいたとはとても思えない。

何度もくり返すが、私と母はとても相性が良く、努力しなくてもお互いに気が合って、一緒にいるのが楽しかった。私は母に大事なことは九割以上打ち明けたし、母も「立派なことは学校の先生が教えてくれるから、親にしか言えない本当のことを言うからね」と、結構赤裸々な告白もしてくれた。

だから私と母は充分に理解し合っている、百パーセントは無理でも八割以上はお互い意思の疎通ができている、そう思い込んできた。しかし、それは私の希望的観測に過ぎなかったのかも知れない。

還暦も卒寿も、当人にとっては初めての経験だ。その年になって初めて分かることがある。九十一歳まで生きた母の気持ちは、六十一歳の私には、まだ未知の部分が多いのだと知った。

母には私がいたけれど……

金融庁の金融審議会が発表した「老後資金二千万円不足」問題はセンセーショナルに報道されて大騒動に発展し、各方面から議論百出、その後も沈静化の様相を呈していない。

高齢者は老後の不安をかき立てられて狼狽《うろた》えたり怒ったりしたが、若者は「どうせ自分たちは年金もらえないし」と、結構冷めているようだ。そして誰もが、年金だけでは老後の生活を送れないことを悟っている。国にだまされたと知っている。

私の場合は所謂自由業で、原稿の注文が来なくなったら即失業だし、退職金はない。年金も正規雇用の期間が短かったので、微々たる額だ。つまり、死ぬまで頑張って書くしかない……。

ふと、母が生きていてこのニュースを聞いたら何と言うか考えた。きっと「ママはエコちゃんがいるから安心だわ」と言うだろう。それとも、まったくの他人事《ひとごと》として関心を示さないかも知れない。

✿

母は長いこと無年金だった。自営業者の妻だったので年金に無知だったことが一番の原因だろう。四十代後半の時、それまでの不足分を一括で支払えば国民年金に加入できるという通知があって、兄が「俺が払ってやる」と言ってくれた。早速区役所に行くと「お宅はご主人が軍人恩給を受給しているから加入資格がありません。一家族一年金です」と追い払われた。父は職業軍人ではなかったが、一九三七（昭和十二）年から終戦まで軍務に就いていたためか、年間六十七万円ほどの恩給をもらっていたので、母は諦めて引き下がった。「一家族一年金」が大間違いだと分かった時は十年以上経過しており、結局母は国民年金に加入できなかった。

父の死後、母は遺族として父の軍人恩給を引き継いだ。月額五万二千円。それが七十を過ぎた母が手にした、初めての年金だった。

それでも自分の老後について不安を感じたことはないと思う。何故なら三人の子供、兄二人と私がいたからだ。母は「自分が年を取ったら子供たちが面倒を見てくれる」と信じていた。その信念が揺らいだことは一度もないはずだ。

母は一九二七（昭和二）年生まれで「幼にしては父兄に従い、嫁しては夫に従い、老いては子に従う」の三従の教えがリアルだった時代に思春期を過ごしている。だから子供が老いた親の面倒を見るのは当たり前の感覚で、親を「老人ホーム」に入れるのは親子関係に問題があるからだと信じていた。しかも、母が若い頃は今のような長寿社会の訪れは想定外で、「嫁泣き十年」とか言われ、十年辛抱すれば姑は死んで嫁の天下になるというのが社会通念でもあった。

ところが有吉佐和子が『恍惚の人』を書いた頃から、老人は長生きになり、しかも認知症を発症するリスクも増えた。母だってその頃は、まさか自分が九十二歳にリーチが掛かるほど長生きするとは夢にも思っていなかっただろう。

それでも認知症（当時はボケとか痴呆症と呼ばれていた）になるリスクは心配だったようで、私が小学生の頃「ママがボケちゃっても、お願いだから精神病院には入れないでね。ああいう施設ではお水もろくに飲ませてもらえなくて、水洗トイレの水を飲むんですって。ママは大人しくしてるから、家に座敷牢を作って、そこに置いといてね」と何度も訴えた。私はその度に涙ぐみ「ママをそんなとこへ入れるわけないじゃない！　私は一生ママと一緒だから」と答えたものだ。今となればまったく滑稽で物語の中のお話だが、母が死ぬまで子供に世話されたいと願っていたことは良く分かる。

また、お昼のワイドショーで「若くして夫と死別し、苦労して一人息子を育てた女性が、息子の嫁と折り合いが悪くて老人ホームに強制入居させられた」という訴えを観た時は「結局、あのお母さん、息子にあんまり好かれてなかったのよね。もし母子関係がもっと緊密だったら、奥さんが何と言ったって、苦労して大学まで出してくれたお母さんを家から追い出すような真似はできないわよ」と、自信たっぷりに解説したものだ。

母は「母と子の絆」はこの世で一番強いと信じていた。「血を分けた子供はいても血を分けた夫はいない」というのが口癖だった。その度に父は「血を分けた夫がいるのはギリシャ悲劇だけ」と反論していたが。

母の老人介護に関する知識や観念は、平均寿命七十歳未満の時代に培われたものだから、現代では通用しない。

入間《いるま》市に住む次兄は兄嫁と共に老人介護施設を経営しているので、現代の老人介護の実態を身を以て知っている。その次兄は口癖のように「徘徊《はいかい》が始まったらもう家庭では無理だから、すぐ施設に入れた方が良い」と言っていた。それを思い出す度に、私は母に徘徊の症状が出なかったことを天に感謝したくなる。だからこそ、私たちは最後まで一緒にいられたのだから。

突然話は変わるが、私は「人間関係は全部足すと十になる」と信じている。親との関係が悪かった人は、伴侶・友人・仕事仲間など、血縁以外の人と良い関係を築いている場合が多い。

こう言うとある編集者に「でも親子関係の良い人って、感情の土台が安定していて、揺るぎない基盤の上に立って新しい人間関係を構築できるので、羨ましいと思いましたよ」と反論された。それは確かにその通りだし、その人の言う「親子関係の良い人」とは「親との良好な信頼関係を保ちつつ自立している人」のことだと思う。それは誰にとっても望ましい関係だろう。

私と母の関係は「良好」ではなかった。「癒着」だったし「共依存」だった。私と母は二人だけで完結してしまう、狭いサークルの中で生きていたのだ。

だから母はリハビリその他、社会的な繋がりはいっさい拒否してひたすら私に依存していた。私も親友・恋人・伴侶といった、血縁以外の強い信頼関係を赤の他人と結ぶことができなかった。

くり返すが、私の幸せは母あればこそだ。松本清張賞受賞以前の私は世間的には「ああはなりたくない人」だった。いい年をして夫も子供もカレシもなく、母はボケるし猫はDV、年ばかり取っても新人賞は一つも取れない、八方塞がりの崖っぷちだった。それでも本人は毎日刊行される予定のない小説を書いて、結構幸せに暮らしていられた。それはひとえに母が私の全てを受容し、愛し、成功を信じてくれたからだ。母以外の誰にそんな真似ができるだろう。

母には最期まで私がいた。それは本当に僥倖《ぎょうこう》だと思っている。でも、私には誰もいない。寂しい気持ちはあるが、後悔はしていない。これは誰でもない、私自身が選び取った道なのだ。

山口県作家

第4章
あとどれくらいの命

二〇一八年九月四日、母が下血した

昨夜母の夢を見た……と書くと何だか『レベッカ』みたいだが、実は母の夢はほとんど毎日見ている。

人間は夢を見る人と見ない人に分かれるそうだが、私は五分間うたた寝している間でさえ、しっかり夢を見る。そして私の夢は日常生活の延長から始まる場合が多いので、必然的に母が登場する。二十年前に亡くなった父も出てくる。

不思議なことに、夢の中では父がとっくの昔に亡くなっているという自覚がない。ましてて母は一月に亡くなったばかりで、目覚めている時でさえ〝死んだ〟気がしないのだから、夢の中では尚更だ。

それが昨夜は違っていた。入院中の母を見舞いに見知らぬ病院へ行くと、ベッドはもぬけの殻で、職員らしき男性に「お亡くなりになりました」と告げられた。あまりのことに「そんなバカな！」とその場で泣き崩れると「エコちゃん」と声がして、無人だったベッドに母が横たわっているではないか。職員は「蘇生はしない規則なんだけどな」と呟きながらその場を離れた。

シュールな展開だが私は「ママ！」と母に抱きついた。そして不意に悟った。母はもう長くない。今回は向こう側から戻ってきたけど、近い将来最後の別れがやって来る、と。

そこで目が覚めた。夢の中のあの気持ちは以前にも経験した。母が順天堂大学医学部附属浦安病院に救急搬送されて以来、何度も味わったものだ。安堵と不安を交互に味わいながら、次第に奈落が迫ってくるのを感じていた、あの時の気持ちだった。

✿

母は二〇一八年の一月中旬から次第に食欲が衰え、二月には一日に砂糖を入れた麦茶を二杯しか飲めないほどに衰弱した。私は生まれて初めて、母が死の危機に瀕しているのを感じて震え上がった。

紆余曲折はあったが、幸い母は徐々に食欲を取り戻し、三月末には八割方回復した。七月下旬には次兄夫婦を招いてイタリア料理店で食事会を催したが、その際母は育ち盛りの子供のような健啖ぶりを発揮して笑いを誘ったものだ。

しかしそのわずか三日後、またも階段で躓《つまず》いて足を捻挫し、ベッドで寝たり起きたりの生活になってしまった。足が回復すると今度は腰が痛くなり、運動不足が祟《たた》ってふたたび足が弱くなったりで、ベッド生活は続いた。おまけに食欲も次第に衰えて、八月下旬からはメイバランスという栄養機能ドリンクでやっと命脈を保つ有り様だった。

母は捻挫した直後はおまるで用便をしていたが、何とか歩けるようになると補助具を使い、私が介助してトイレに行って用を足した。しかし八月の後半からは体力が衰えて歩くこともままならなくなり、私と兄が二人で支えて立たせ、ベッド脇でオシメパンツと尿取りパッドの交換をするようになった。

九月四日の午前五時、トイレに起きたついでに母の部屋の様子を見ると、シーツに茶色いシミが見えた。私は「ウンチが漏れちゃったんだな」と思ったが、母はよく眠っていたし、こんな早朝に兄を起こすのも気の毒なので、そのままにしておいた。

八時になり、兄と二人で母の部屋に行ってオシメパンツを交換しようとしてギョッとした。パンツにはべっとり血が付いていた。下痢便と思ったものは下血のシミだったのだ。私はあわてて母のお尻に付いた血を拭き、寝間着《ねまき》を着替えさせようとしたが、母はもう立つ力もなく、その場にへたへたと尻餅をついた。

その瞬間、肛門から新たな血が流れ出した。まるで湧き水のように鮮血が溢れてくる。私の頭の中で赤いランプが点滅し、サイレンが鳴った。

すぐさま自分の部屋に駆け戻り、救急車を呼んだ。事情を説明して通話を終えると、母の保険証その他、必要な物をバッグに詰めて準備を調《ととの》えた。これまで母と兄の付き添いで何度も救急車に同乗したので、慣れているのだ。

母の部屋に入ると、母は両足を床に投げ出し、ベッドに寄りかかる格好でぐったりしていた。傍らでは兄が母の肩を抱き、為《な》す術《すべ》もない様子でただ座り込んでいる。その光景に一瞬「この役立たず！」という憤りが込み上げたが、すぐに「仕方ない」という諦めと「私がしっかりしなきゃ」という決意が取って代わった。

兄は私より十一歳年上で、嘗《かつ》ては一家の大黒柱だった。特に父の事業が不振になってからは、長いこと経済的に家族を支えてきてくれた。頭脳明晰で商才もあり、とにかく頼れる存在だった。

それが二〇一七年の六月と十二月、一年間に二回も脳梗塞の発作に見舞われた。

幸い外科手術をせずに短期の入院で退院できたが、特に二回目の発作以降、身体だけでなく頭脳面でも大きなダメージが残った。記憶力、特に短期記憶が壊滅的で、三十分間に同じことを二回訊くことさえあった。車好きで運転も上手かったのに、ナビを入れていながら道を間違えたり、駐車の際に車体をこすったりするようになった。判断力も洞察力も、全てがかつてを百とすれば三十といった印象だ。

昔の姿を知っているだけに、当初、私は変わり果てた兄の姿が痛ましいと同時に腹立たしかった。それが短い間にすんなり諦めと同情に移行したのは、父の死後三年間で別人になってしまった母を見ていたからだろう。あの時の衝撃と不安と苛立ちに比べれば、二度目はゆるい。受け容れるしかないと、苦しまずに納得できた。

我が家に駆け付けた救急隊員は、すぐに母を仰向けに寝かせて血圧や脈拍を測定した。出血がある場合は、すぐに寝かせた方が良いそうだ。座っていると血圧が低下するという。

「血圧が低下して、命に関わる危険な状況です。救命救急センターのある病院でないと無理なので、今、搬送先を探しています」

その言葉に、私の血圧も一気に低下する思いだった。

救急隊員は四人がかりで母を救急車に運び込んでくれた。

部屋を出てから振り返ると、母が座っていた床の周辺は、まさに〝血の海〟だった。まだ夏の気候なのに、私は寒気を感じて身震いした。こんなに血が出てしまって母は大丈夫なのかと、不吉な考えが頭の隅をよぎった。

救急車の中で、母は足を高くした状態でストレッチャーに仰臥《ぎょうが》していた。少し血圧が上がってきたという。声をかけると小さく返事をした。これなら大丈夫かも……と、私はたちまち希望的観測を抱いた。

これ以降、危機感と希望的観測は交互に出現することになる。

母が救急搬送された長い一日

母は二〇一八年の九月四日に救急搬送され、翌年の一月十八日に息を引き取った。その間約四ヶ月半だが、私としては「そんなに短かったっけ？」というのが実感だ。それくらい濃密な時間だった。

それと、母が昨年一月に急激に食欲が衰え、一時は死を覚悟したことは前節に書いた。幸い徐々に食欲は回復し、事なきを得たのだが、私には一月のあの出来事が、九月のこの事件の前兆だったと思えてならない。いや、〝予行演習〟だったと言うべきだろう。

そのことにも、私は心から感謝している。あの〝予行演習〟のお陰で、いつまでも続くように思い込んでいた母の命に、終わりが近づいていることを自覚できた。そして、母の介護に対する気持ちが変わった。

それまでは夜中にトイレに起こされたり、ベッドで漏らされたり、原稿を書いている時にしょうもない用事（時代劇専門チャンネルが映らない、天眼鏡取って、背中が痒《かゆ》い、呼んでみただけ等）で呼びつけられたりすると、イラッとくることが増えていた。しかし、一月の出来事以来、粗相しようが「良かった。まだこんなに出るんだ」と、感謝の気持ちに取って代わった。しょうもない用事で呼びつけるのも、母がまだ何かに興味を持っている証だと感謝するようになった。

それからは母が亡くなるまで、イラッとすることなく、ひたすら感謝の気持ちで過ごせたことを、とても幸せだったと思う。

もし一月の経験がなかったら、私は母の容態が重篤になってから「あの時もっと優しくしてあげれば良かった」と、取り返しのつかない後悔をして暮らしただろう。母は身体を張って、将来襲うかも知れない後悔から私を守ってくれた。そう信じている。

✿

救急車が家に到着したのが午前八時二十分くらい、順天堂大学医学部附属浦安病院に搬送されたのが九時少し前だった。

到着後、母は集中治療室に運ばれ、私は待合室で書類を書き込んだ。やがて救命救急センターの医師が現れて「直腸潰瘍から出血しているようですが、周辺に便が溜まっていて、奥まで見えません。ただ、本格的な内視鏡検査をしてカメラを奥まで入れるには、下剤を二リットル飲まないといけないので、お年を考えてもそれはお勧めできません」と説明された。その後、何処《どこ》までの治療を希望するか尋ねられた。高齢の患者の場合は心臓マッサージ・気管切開・胃瘻《いろう》など、家族に確認する決まりらしい。

私は「いずれも希望しません。ただ、どうか痛い、苦しいがないようにしてやって下さい」と伝えた。

母と具体的に話し合ったことはないが、胃瘻や気管切開された患者をテレビで観る度に「死なせてあげた方が良いのに、可哀想だ」と口にしていたので、拒絶することは分かっていた。そして心臓マッサージも、下手をすれば肋骨が折れるくらいの力が掛かる。九十一歳という年齢を考えれば、そのような処置が必要になるとは、すでに寿命が尽きているのだと思えてならなかった。

ありがたいことに、内視鏡手術で止血は無事に終わった。その後は消化器内科の専門医の診察を受けるのだが、それまでが長かった。五時間も待たされた。しかし考えてみれば、そんなに長い時間放って置かれたのは緊急性がないからで、私は母は危機を脱したのだと判断し、取り敢えずホッと一息ついた。

消化器内科の医師の診察が済むと母は一般病棟に移され、看護師さんに「ご家族の方はもうお帰りになって結構です」と告げられた。それが午後六時。午前九時から午後六時まで！

一刻を争う状況なら家族が病院に拘束されるのは仕方ないが、母の場合は「先生の診察待ち」と「病室の準備」のために七時間以上費やしている。それならその間、家族は一時患者のそばを離れても大丈夫なのではないだろうか。一時帰宅して用事を済ませたい人は大勢いるだろう。私も書きかけの原稿を抱えていた。

その後も何度か母に付き添って救命救急センターのお世話になった経験から言うと、病院が大変なのは分かるが、患者の家族にも生活がある。付き添っていなくても大丈夫な時間帯は、その旨教えて欲しい。

兄に電話して経過を話すと、車で迎えに来るという。私としてはもっと早い時間に病院に来て、私の代わりに母に付き添ってくれても良かったのにと、大いに不満だった。後に詳しく書くが、兄はこの年の五月で経営していた整骨院を廃業し、九月のこの時点では無職だった。時間だけはたっぷりあったのだ。病院に現れた兄は胸を押さえて「腎臓が痛い」とくり返した。私は正直「ふざけんなよ！」という気持ちだった。面倒なこと、厄介なこと、責任を伴うことは全部私に押しつけているので、それをごまかすために芝居をしている。そうとしか思えなかった。

ベッドでは点滴につながれて母が眠っていた。大量に出血したので貧血も起こしていたと思うが、顔色も悪くはなかった。耳元で「明日の朝来るからね」と囁《ささや》いて、病室を後にした。

眠っていてくれて助かった。目が覚めていたら私と兄が帰るのを寂しがっただろう。それに母は病院が大嫌いなのだ。病院が好きな人は少ないだろうが、母の病院嫌いは徹底していて、これまでも入院した当日から「早く帰りたい！」と訴えるのが常だった。

入間の次兄には消化器内科の診断が下りた後で連絡した。突然のことで驚いていたが、一命を取り留めたと告げるとひとまず安堵して「今週見舞いに行くから」と言った。

私は朝から病院の自販機で買った缶コーヒー一杯しか飲んでいなかったので、腹べこだった。家に帰って食事を作る気力もなく、駅の近くの居酒屋で兄と夕飯を食べた。

帰宅して二階の母の部屋に行くと、朝出て行った時のまま、床一面は血の海で、それがどす黒く変色して固まっていた。正直、兄が私の留守に床を掃除してくれるとは期待していなかったが、汚れきった床を目の当たりにすると、怒りが込み上げてきた。

二回目の脳梗塞の発作を起こしてから、兄のことは諦めていたはずだった。これからは全部一人でやるのだと、覚悟もしていた。

それでも人の心は厄介で、毎日顔を合わせていると、心の底に押し込んだ不平不満が弾ける瞬間がある。

「掃除くらいしろ!」

私は心の中で怒鳴り、床の掃除を始めた。

「愛してるよ」に「お互いにね」と

長い梅雨が終わるといきなり暑くなった。七月半ばに二十五度に届かない日が続いたのがウソのようだ。

二〇一八年の夏は暑かった。しかし七月の終わりに母が捻挫してから、あまりにもいろいろなことがあったので、私には暑さ寒さの記憶が抜けている。覚えているのは主治医(消化器内科)の告げる母の容体が二転三転し、その度に気持ちがジェットコースターのように上がったり下がったりしたことだ。

九月四日に救急搬送された翌日、病院に行くと母の容体は落ち着いていた。前日は点滴の他に、胃に流れ込んだ血液を排出するため鼻からチューブを入れられた上、呼吸用のチューブまで付けられていたのだが、顔のチューブ類は全て外され、楽そうだった。

主治医からは「直腸潰瘍の止血が上手く行ったので、今週中にも退院できます」

と説明があった。

ところが翌日、母はふたたび潰瘍から出血した。止血は成功したのだが、主治医は「この状態では、新たに潰瘍ができて出血する可能性がある。その場合は止血・輸血・出血と、穴の空いたバケツに水を足し続けるような事態になるかも知れない。年齢を考えれば、何処まで治療を継続するか決めて欲しい」と言い出した。つまり、一ヶ月か三ヶ月か半年か、延命の期間を設定してくれと言うのだ。

急にそんなことを言われても、すぐに決断できるわけがない。私は「日曜日に次兄が来るので、兄弟三人で話し合って決めたい」としか答えられなかった。

幸いなことにそれ以後は新たな潰瘍もできず、母は何とか持ち直した。次兄が来た日も意識がハッキリしていて大いに話が弾み「急にどうこう言うのは時期尚早ではないか」で意見がまとまった。

十一日には「一応危機は脱したので、療養型の病院への転院を考えて欲しい」と言われ、ホッと胸をなで下ろした。

それから一時は口から物を食べられるくらいまで回復したのだが、段々嚥下《えんげ》が難しくなり、ふたたび点滴に戻ってしまった。同時に意識レベルも下がり気味で、見舞いに行ってもうつらうつらしていたり、途中で寝てしまったりということが多くなった。

そして二十六日になると「回復も転院も退院もできません。この病院で最期を迎えられることになるでしょう。口から栄養が取れないので、徐々に弱ってお亡くなりになります」と宣告されてしまった。

ショックではあったが、最初に「延命の期間を決めてくれ」と言われた経験もあり、心のどこかでは覚悟ができていた。そして、こんなに最新設備の整った看護サービスの行き届いた病院で、眠るように最期を迎えられるなら、諦めるしかないと自分を納得させた。

入院中、私は用事がある場合を除いて、毎日午前と午後の二回、母を見舞いに病院に行った。家から遠くないのが幸いした。行きは東西線の葛西駅から一つ先の浦安駅へ行き、駅からタクシーで病院へ。帰りは病院から自宅までタクシーを使うこともあった。タクシーを利用する度に、今の自分にタクシー代を惜しまなくて済むだけの収入があることを、しみじみとありがたいと思った。

翌日、仕事の帰りに病院に行くと、母はぱっちり目を覚ましていて、意識もしっかりしていた。私は仕事用に着物を着ていた。ネット通販で買った黄八丈〝凮〟(本物の黄八丈は高くて手が出ない)の単衣《ひとえ》だった。母はそれを見て「良い着物だね」と褒めてくれた。「なんちゃって黄八丈だよ」と指さすと、分かるようだ。「愛してるよ」と言うと「お互いにね」と答えた。

母と少し話ができるので、兄に電話して「今ならママ、起きてるから」と知らせると、すぐ来るという。

兄を待っていると、理学療法士さんが部屋にやってきた。病院では毎日、ベッドサイドで軽いリハビリをしてくれるのだ。「リハビリ用にパジャマのズボンを持ってきて下さい」と言われたので、リハビリがあることは知っていたが、実際に見るのは初めてだった。

まだ若い、なかなかの好青年で、母をベッドに腰掛けさせて手足を動かしたり、立ち座りをさせたりと、熱心に取り組んでくれる。年寄り相手に大変な仕事だと思う。感謝しかない。

私は心の中で「ママ、こんなイケメンにリハビリしてもらって良かったね」と呼びかけた。そして、この病院でこんな手厚い看護を受けられるのだから、以て瞑《めい》すべしなのだと自分に言い聞かせた。

翌日も午前中に病院へ行ったが、母は昨日とは一変して眠り込んでいた。呼びかけても寝ぼけている。仕方ないのでしばらく手足にローションを塗ってマッサージしてから「また夕方来るからね」と耳元で囁き、病室を出た。

帰宅して、連載中のエッセイを二回分書いた。夜は江戸川乱歩賞のパーティーに出る予定だったので、着物を着て、兄の車で一緒に病院へ行った。

母は寝ていたが私と兄が部屋に入って行くと目を覚ました。「これは何て言うの？」と私の着物を見て訊《き》く。「これは銀通しって生地の単衣でね……」説明が終わると母は兄の頭を指さして「毛を植えなさい」。前にも同じことを言った。薄くなった兄の頭頂部を本気で心配しているのだ。兄が苦笑すると私の方を見て「ヒロちゃんが毛を植える時は、一緒に付いていってあげなさいね」と言う。私も笑って「大ヒット飛ばしたら、私も整形してシワ取るよ」と言ったら「何処のシワ？」と真顔で言う。お世辞を言ったわけではなく、老眼でシワが見えないらしい。それでも「ママ、ありがとう。嬉しいよ」と言って抱きしめた。

病院を出てパーティー会場の帝国ホテルへ向かいながら、私は母は本当にもうダメなのだろうかと訝《いぶか》っていた。確かに波はあるが、今日はとてもしっかりしていた。冗談だって分かる。

もしかして、もう一度持ち直してくれるのではないか……私の心にはまたしても希望的観測が芽生えようとしていた。

しかし、そんな甘い考えは翌日病院を訪れた時、見事に打ち砕かれた。母は自力で排尿する力がなくなり、導尿されていた。やはり衰弱は進んでいるのだ。

それでも母は私と兄に気付いて目を開けた。話しかけると返事もしてくれた。看護師さんが「何か食べたい物はないですか？」と訊くと「お餅」と答えた。家にいた時は餅なんか食べたがらなかったのに。

その時は不思議だったが、今になって思い出した。母はおでんの餅巾着が好きだった、と。

十月十日、事件は起きた

母が亡くなった日から今に至るまで、私は一度も泣いていない。正確に言えば、死は避けられないものだと覚悟した瞬間、私の心から嘆き悲しむという気持ちは一掃され、「ちゃんと看取らなくてはいけない」という使命感が取って代わった。

そして、母が旅立ってからは、遠くへ行ってしまったという喪失感ではなく、いつもそばにいてくれるという一体感のようなものに包まれている。

本当に辛かったのは、二〇一八年の九月二十六日に「回復も転院も退院もできません」と宣告されてから、死を受け容れるまでの期間だった。その間、何度か新たな希望を抱いたが、ことごとく打ち砕かれた。

その度に私は自分の甘さを思い知らされた。にもかかわらず、また性懲りもなく、新たな希望を見つけてはそれにすがりついた。

それほどまでに、母が死ぬという事実は受け容れがたかった。

母が自力で排尿ができなくなり、導尿の措置を受けたのは九月二十九日だった。しかし幸いなことに、十月初めにはふたたび自力排尿ができるようになった。

備忘録を読み返すと「ご飯を朝一口、昼三口食べた」とか、「兄と見舞いに行くと『嬉しいよー』と言った」という記述がよく出てくる。眠っている時間が長くなったが、私が行けば必ず目を覚まして「エイコ」と名前を呼んでくれた。

私は事情が許す限り、午前と午後、一日二回は母の見舞いに行くようにしていた。夕方は兄が一緒だったが、午前中は一人で行ったので、病室で母と二人きりになった。余命宣告を受けても、母にそんなことを知らせるわけにはいかないから、私も兄二人も母の前ではなるべく明るく振る舞っていたのだが、二人きりになると、話しているうちにどうにも悲しくなって、泣いてしまうことがあった。

入院当初は毎日のように「いつ帰れるの?」「早く帰りたい」と言っていたのに、十月に入るとピタリと言わなくなった。母はもう退院できないと分かっているのかも知れない……そう思うと悲しくて堪らなかった。

そんな中、大事件が起きた。十月十日のことだ。

その日、私は午後から「婦人公論」のインタビューを自宅で受けることになっていた。

兄は早い時間に外出の予定があり、前日「目覚ましを一個貸してくれ」と頼んできたのに、八時近くになっても起きてこない。部屋へ行って声をかけると、答えた口調が、少し呂律《ろれつ》が怪しかった。しかし、私は寝ぼけているのだろうと気にしなかった。

午前中に病院へ行くと、母はしっかり目覚めていて、意識もハッキリしていた。発語がない日もあったのだが、この日はきちんと話ができた。

私は「婦人公論」のインタビューのことや猫たちのことをあれこれ話した。母は私に「病気しないでね」と言った。「うん、しないよ。大丈夫だよ」と答えると、じっと私を見て「宝石はみんなあんたにあげるよ」と言った。

その時、ああ、母は死期が近いことを悟っているのだと分かった。堪《たま》らずに私は母に抱きついて泣いてしまった。

「ママ、私、幸せだからね。ママのお陰で、とっても幸せだからね」泣きながらそう言い続けた。母も私の髪を撫でながら、涙を流していた。

自宅に戻り、午後から「婦人公論」のインタビューを受けた。終了する頃に兄が外出から帰ってきて、今度は二人揃って母を見舞いに行った。

昼間しっかり話ができると、午後はぐったりして眠っていたり寝ぼけていたりすることが多かったのに、この日の母は夕方になってもはっきり目を覚ましていた。記憶も確かで「『婦人公論』はどうだった？」と尋ねるので、ビックリしてしまった。

「すごい！　覚えててくれたんだ」

母は「うん。覚えてるよ」と答え、兄に「あんたの方はどうなの？」と訊いた。兄は「ママは元気だね。俺は呂律が回らなくて困るよ」と、少し呂律のおかしい口調で言った。

その瞬間、私は「もしかしたら……」と戦慄した。

兄が二〇一七年の六月と十二月、二度にわたって脳梗塞の発作に襲われたことは以前書いた。二度目の入院中、私が「何か前兆のようなものはなかった？」と尋ねると、兄は「今にして思えば、足が攣《つ》った。それと、少し呂律が回らなくなった」と答えたのだ。

「きっと、三回目が来たんだよ。今からすぐ、昌医会へ行こう！」

兄は二回とも葛西昌医会病院の脳神経外科にお世話になったので、私にはそれしか思い浮かばなかった。よく考えればこの順天堂大学医学部附属浦安病院にも脳神経外科があったのに。

ともあれ、昌医会に連絡すると救急で受け容れてくれるという。

私は兄と二人ですぐ向かうことにして母に言った。

「ママ、ヒロちゃんは三回目の梗塞が起こった。これから二人で病院に行ってくるからね。しっかりしてね。死んでる場合じゃないわよ!」

母は「気をつけてね」と手を振って見送ってくれた。

昌医会に到着してCTを撮ると、脳幹部に小さな梗塞が写っていた。脳梗塞は時間との闘いだ。初期なら開頭手術なしに、薬剤で治療できる。兄は危ういところで最悪の事態を免れたのだ。

そのまま入院の手続きを取り、私は帰宅することになった。

その時、困ったことに気が付いた。兄の車で順天堂から直接昌医会へ来たので、車は病院の駐車場に駐めたのだが、実は私はペーパードライバーで運転ができない。いったん家に戻ってタクシーで昌医会に行くべきだった。人間、あわてると的確な判断ができない。

入間の次兄に電話で報告すると、たいそう驚いたが、とにかく早めに見つかって軽い症状で済んだことに安堵していた。そして「土曜日にママとヒロちゃんの見舞いに行くから、その時俺が運転して家の車庫に入れるよ」と言ってくれた。

翌日、午前中に母の見舞いに行くと、母は昨日とは別人のようにウトウトしていて、話もできなかった。もし昨日この状態だったら、私は兄の脳梗塞に気付かなかっただろう。

母は最後の力を振り絞って、兄の命を守ってくれたのだ。

怒りと快感が半分ずつ

兄が三回目の脳梗塞を発症した翌日、午前中に順天堂大学医学部附属浦安病院へ母を見舞いに行き、その足で葛西昌医会病院へ兄を見舞いに訪れた。

母が昨日とは打って変わって意識レベルが低く、うつらうつらしていたと話すと、兄は「ママが大変な時に、こんなことになってしまって情けない」と言った。そして「俺の方は良いから、ママの病院へ行ってくれ」と。

大変非人情な話だが、私は三度目の災難に襲われた兄に対する同情心が希薄だった。いや、まるで湧いてこなかった。

脳梗塞は一度発症すると、二度目、三度目の発作に襲われる例が少なくない。兄も最初の発作で入院中、医師・看護師・栄養士さんから「二度目は怖いですよ」と警告され、主に食生活の細かい注意を受けていた。ところが、本人は結構いい加減で、注意事項をきちんと守ってはいなかった。

兄は昔からある種の健康オタクで、私は食堂に勤めている頃、頼まれて野菜ジュースやゴボウ茶を作った。当時は兄の収入が家計の中心だったので、依頼は命令と同義語だった。作家専業になって私は手を引いたが、反対に兄は仕事が暇になり、自分で作る時間はあったのに、自ら動こうとはしなかった。

最初の脳梗塞を起こした後、塩分と糖分を控えるように何度か注意したが、まるで聞く耳を持たない。大の大人にガミガミ言うのも虚しくて、私も注意をしなくなった。

そして、最初の発症から半年後に二度目の梗塞を発症し、十ヶ月後には三度目を起こした。私の気持ちとしては「自業自得」だった。

もちろん、食事や運動に細心の注意を払っていても、二度目の発作に襲われる人はいる。しかし、ベストを尽くしてそれでもダメだったら、結果は同じでも私の気持ちは大いに違っていただろう。

夕方、ふたたび母の見舞いに行くと、いくらかハッキリ目覚めていて、私を見て「エイコ」と言った。続いて「愛してるよ」と。

私は枕元に座って手を握り、「ママ、昨日は大活躍だったね。ママのお陰でヒロちゃんは命拾いしたよ。ママがヒロちゃんを助けたんだよ」と話した。母は内容を完全に理解していなかったかも知れない。しかし、とにかく「良かったね」と言ってくれた。

その後、母の担当医である消化器内科のI先生から話があるとのことで、別室に呼ばれた。

「今のところ容体は安定していますので、転院を考えて下さい。この病院は急性期の患者さんを回復させる所なので、山口さんの場合は療養型の病院へ転院なさるのがよろしいと思います。今、病院のケースワーカーに転院先を探してもらっています」

九月二十六日に「回復も転院も退院もできません。この病院で最期を迎えられることになるでしょう」と言われたばかりなので、短い間に随分話が違ってきたなと思ったが、ともかく黙って拝聴した。

「転院先ですが、末梢血管点滴の場合は受け入れ先がほとんどありません。中心静脈点滴にすれば沢山あるんですが、どうします？」

「末梢血管点滴」とは腕や足の静脈に針を刺す点滴で、私たちが普通に病院で見かける点滴はこれになる。「中心静脈点滴」というのは胸の太い血管に針を刺す点滴のことで、「ポート」という装置を皮下に埋め込む手術が必要とのことだった。

末梢血管点滴は生理食塩水か薄いブドウ糖液しか投与できないが、中心静脈点滴なら高濃度の栄養剤を投与できるという。

その説明を聞いて、私は「胃瘻に近いのではないか？」という印象を持った。すると即座に胃瘻を嫌悪した母の言葉が思い出され、「いいえ、中心静脈点滴は希望しません」と答えてしまった。

患者とその家族にとって医者の言葉は絶対だ。私の頭には「回復も転院も退院もできません」という医者の宣告が焼き付いていた。まるで洗脳に近い状態で、それ以外の可能性を探ろうとする意思を持てずにいた。

二日後の昼、入間の次兄と母の病院で落ち合った。母は起きていて、三人で少し話もできた。

浦安から葛西に向かう途中で、次兄に転院の話が出ていることを話すと、取り敢えずは喜んでくれた。

入院中の兄は順調に回復しているようだった。昨日からすでにリハビリを始めているという。

三十分ほどで面会を終え、次兄と共に病院の駐車場に向かった。兄の車は中古のジャガーだ。昔から外車好きで、日本車は買ったことがなかった。次兄は車体の後部を指さして顔をしかめた。こすった跡が無数にある。

「実は、車庫入れとか下手になってるのよ。うちのガレージの外枠にぶつけて壊したことがある。ヒロちゃんはよその車が方向転換する時にぶつけたとか言ってるけど、自分でやったんだよ」

「前はすごく運転が上手かったのになあ」

ともあれ駐車代を支払いに行った。二日分で一万二千五百円！　ああ、代行業者を頼めば良かった！　今更嘆いても後の祭りだった。

次兄は車を家まで運転し、無事にガレージに入れてくれた。

次兄が帰ると、私の中には猛々しい気持ちが燃え上がり、二階に駆け上がって兄の部屋を片付け始めた。そこは文字通り「足の踏み場もない」状態にあった。

人間には「捨てる派」と「溜める派」がある。私は「捨てる派」で、洋服でも何でも、新しい物を一つ買ったら古い物を一つ捨てる。兄は完全な「溜める派」で、捨てることができない。

鬼の居ぬ間に洗濯ならぬ、兄の居ぬ間に片付けだった。床に積み上げられた段ボールを空け、中の衣類をチェックして捨てる物と保存する物に仕分けた。荷物だらけで一歩も足を踏み入れることができなかったウォークインクローゼットに分け入り、荷物を引っ張り出して仕分けし、抽斗《ひきだし》の中身も全部入れ替えた。

翌日は朝三時に起きて、片付けを続けた。古い衣類をゴミ袋にぶち込みながら、私は怒りと快感を半分ずつ感じていた。ゴミばかり溜めるから金が貯まらないんだと、本気で頭にきていた。

45リットルのゴミ袋三十袋近い衣類ゴミを捨てると、部屋は別人ならぬ別部屋のようにきれいになった。

私は部屋の真ん中で「私、エライ！　良くやったよ！」と叫んだ。うちの猫たちは孤軍奮闘する私を不思議そうに眺めていたっけ。

私を変えた一本の電話

土・日と二日がかりで兄の部屋を片付け、月曜日の午前中に母を見舞うと、目を覚ましていて、何も説明しないうちに「毎日大変だね」と言ってくれた。それだけで嬉しくて、疲れも吹っ飛んだ。

看護師さんが「今朝は朝食を七割くらい食べられましたよ」と教えてくれた。

この日はベッドで母の手の爪を切った。明日は足の爪を切るつもりだった。そして、私は切った母の爪をビニール袋に入れて家に持って帰った。やはり「まだ大丈夫」と思う一方、「もう長くない」という気持ちも大きくなっていたのだろう。爪はチャック付きの保存袋に移し、私の部屋の小箪笥の抽斗にしまった。

午後に『開運！なんでも鑑定団』の正月スペシャルから出演依頼が来た。過去に一度出演したことがあって、そのご縁だろう。私もだが、亡くなった父は私以上にこの番組が好きだった。

夕方もう一度母を見舞いに行くと、母はやはり元気でぱっちり目を開けていた。鑑定団の件を話し「正月スペシャルだから、うんと良い着物を着ないとね」と言うと、「振り袖で行けば？」と。私が還暦だと分かってるのだろうか？　いや、多分、幾つになっても母親にとって、子供は若い頃の面影のままなのだ。

それから母は「来た早々だけど、早く帰った方が良いよ」「夜は電気は二つ点けて寝なさい」と、細々と心配してくれた。

その日の備忘録には「ママを家に帰らせることはできないのだろうか？」と書いてある。

そして今更だが、兄が退院するまでの三週間近く、私は生涯初めての一人暮らしを体験した。それまで生まれてからずっと家族と一緒だったし、母が入院しても兄はいた。誰もいない家に一人というのは初めてなのだ。

その夜作った俳句「独り寝に　猫の添いきて　秋深し」。

二日後、病院のソーシャルワーカーさんから連絡があり、転院先が決まったという。末梢血管点滴の患者を受け容れてくれる病院はそこしかなかったそうだ。

同じ江戸川区で家からも比較的近いKという病院だった。これなら一日三度は見舞いに行けるだろうと考えていると、「ただ、こちらではベッドサイドのリハビリがありますが、K病院ではそれがありませんので」と、気の毒そうに言われた。しかし私は深く考えず、「リハビリは私が見舞いに行く度にやれば良いのだから」と思って承諾した。翌週の月曜日に見学に行く話も決まった。

私の意識に大革命を起こす電話があったのは、次の日のことだ。母と兄を見舞って家に帰る道すがら、スマホが鳴った。画面には見知らぬ番号が表示されている。不審に思いながらも応じると「突然ですみません。魚政の鈴木です」と、若い男性の声が言う。

「実はずっとツイッターを拝見して、お母様のことを知りました」

私は二〇一七年の暮れに雑誌「クロワッサン」の体験企画で、ガラケーからスマートフォンに切り替えた。その際、ツイッターやインスタグラムにも挑戦し、その後も続けていたので、今回も当初から母の病状をツイッターに上げていた。

「どうしてもお伝えしたいことがあって、お電話しました」

魚政は平井にある鰻料理の名店で、私はそれまで三回ほど行ったことがあった。二回は接待で、一回は母と兄と三人で。

実はご主人の鈴木さんは、お世話になっている某出版社の編集者と長年の友人で、そんな関係もあってお店で冗談を言い合ったこともある。とは言え、それまでに三回しか会ったことはなかった。

「実は、私の父は三年前に食道癌で亡くなりました。病院ではなく在宅で看取りました。その時の訪問医療チームの方たちは、医師も看護師も皆さん素晴らしいプロフェッショナルで、父も私たち家族も、本当に素晴らしい時間を過ごすことができたと思います。山口さんはお母様を在宅で介護なさるお気持ちはありませんか？」

正直、突然のことで、私には母を退院させて自宅で介護するという想定がなかった。医師に「退院はできません」「療養型病院へ転院」と言われ、そこで思考がストップしてしまったのだ。病院でないと母の命は引き受けられないと思い込んでいた。

「もし、そういうお気持ちがおありなら、父が世話になった医療チームをご紹介します」

私は、わずか三回しか会ったことのない他人のために、そこまで熱意と誠意を示して下さった鈴木さんには感謝しかなかった。

この電話が転機になった。鈴木さんのお陰で、私はそれまでの「病院でないとダメ」という固定観念から解放された。

在宅介護については、身近で実践した人を知らなかったので、訪問医が何処にいるかも知らず、お金や設備や人手がどのくらい必要なのかとか、具体的な知識が皆無だった。しかし鈴木さんの話は、具体的なイメージを与え、新しい選択肢を示してくれた。

翌日、午前中に病院へ行くと、母は「こんなに早くどうしたの?」と尋ねた。私は転院先が決まったことを伝え「家から近いから、毎日三回は会いに行くからね」と言った。母は黙って頷いた。

それから二人で、持ってきたアルバムを眺めた。子供の頃の、家族旅行や正月や七五三のお祝いの写真を眺めながら、私が「この時はこうだった、あの時はああだった」と解説する。母は理解しているようだった。昔の母の姿、母の着物、全て良く覚えている。写真を見ていると胸が締め付けられた。

帰りに九月分の入院費を支払った。四日から三十日まで二十七日間個室に入って手厚い看護を受けていたにもかかわらず、金額は八万二千円弱だった。私は日本の国民皆保険制度に深く感謝した。

十月二十二日月曜日、私は転院先であるK病院へ家族面接に赴《おもむ》いた。家からタクシーで千百円くらいの近さだった。

病院は古くて小さめであまりきれいではなかった。ソーシャルワーカーさんは「うちは順天堂さんとは比べものになりませんから」と仰ったが、そんなことは気にならなかった。大切なのは入院生活の実態だ。

まず院長と面談し、次に病棟を見学した。

入院患者のいる階に上がると、フロア全体に微かな尿臭が漂っていた。四人部屋を覗くと、ひどい言い方で申し訳ないが、「姥《うば》捨て山」のように見えた。家族に見捨てられた人たち……。

私の頭の中を白い閃光が走った。光が消えると、全身の血が逆流して脳天から噴き上がるような感覚に襲われた。

こんな所で母を死なせるわけにはいかない！　母には絶対に寂しさと惨めさ、恐ろしさを感じさせたくない！

私は母を自宅へ連れ帰る決心をした。

そうだ、家に帰ろう

私はK病院を出ると兄の入院している昌医会病院へ直行し「あんな所でママを死なせるわけにはいかない！　私はママを退院させて家で面倒を見る！」と息巻いた。兄は私の剣幕に恐れをなしたのかも知れないが「それができたら一番良い」と答えた。

さすがに私も母がリハビリして回復できるとは思わなかったが、少なくともあの病院に入れた途端に「死」が迫るような気がした。それくらいK病院には死の気配が濃厚に漂っていた。

帰宅してから母の訪問医だった山中先生に電話して、在宅介護が可能かどうか尋ねた。先生は大勢の在宅の患者さんを診ているので、自信を持って「病院でできることは在宅でもできますから、大丈夫です」と即答してくれて、私は大いに安心した。

本来ならまず最初に山中先生の意見を聞いて、それから在宅介護を決断すべきなのだが、K病院で頭に血が上った私は、後先の考えもなく、「家に連れて帰る！」と決めてしまったのだ。

ちなみに、魚政の鈴木さんが紹介してくれた医療チームは墨田区を中心に活動しているため、私の家は範囲外で訪問できないが、別の信頼できる医療チームを紹介して下さるとのことだった。しかし、引き続き山中先生が母を診て下さることになったので、断られて却って良かったのかも知れない。

その夜、入間の次兄にも電話して、在宅介護のことを話した。次兄は「大丈夫かよ？　大変だぞ」と言ったが、私は「大変だろうがなかろうが、とにかくママをあんな所で死なせるわけにはいかないのよ！」と押し切った。結局次兄も納得して、翌日には兄嫁と一緒に病院に来てくれることになった。

一度退院を決めると物事があっという間に進んだ。

翌日、次兄夫婦と共に順天堂のソーシャルワーカーさんと面談し、円満に退院と在宅介護が決まった。親切にもソーシャルワーカーさんの方からK病院に断りの連絡をしてくれるとのことだった。

その日はケアマネジャーの大石さんからも電話があり「三十日に電動の介護ベッ

ドを搬入します」と。一週間後だ。早い！

翌日には担当医のI先生と退院の相談をした。

山中先生からは「在宅介護に関しては中心静脈点滴が必要なので、順天堂でポート手術をしてもらって欲しい」と指示されていた。そのことを言うとI先生は「以前は中心静脈点滴は希望されないという意向でしたが？」と不審な顔をした。

だが、あの時は「退院できない」と言われていたのだ。大嫌いな病院で、栄養を送り込まれて長く生かされるのは母も望まないだろうが、家に帰れるなら話は別だ。母だって少しでも長く、家で私や兄や猫たちと暮らしたいと思うに違いない。

とにかく退院は十一月五日と決まった。退院に間に合うようにポート手術も行われることになった。

その後、看護師さんから「申し訳ないが、差額ベッドに移っていただきたい」と告げられた。否も応もない。それより、退院までこの病院に置いてもらえることがありがたかった。

看護師さんが病室を出て行くと、私は何度も「ママ、来月の五日に退院するからね。あと十日とちょっとで、うちへ帰れるんだよ」と言った。母は分かっているのかいないのか、はかばかしい反応を示さなかったが、それでも私は嬉しかった。

母のポート手術は翌週の水曜日と決まり、金曜日には執刀医の消化器外科H先生と術前面談をした。

H先生はまだ若い先生だったが、老人医療を専門とする病院にも勤務しているそうで、思いも掛けないことを口にされた。

「私は外科医ですから、手術をするのはやぶさかではありません。しかし、果たしてそこまでする必要があるのでしょうか？」

H先生の診るところ、母は普通の九十一歳の衰弱した老人で、ポート手術をしてもそれほどの延命効果があるか疑問だという。口からの栄養補給も点滴もできなくなり、自然に衰弱して亡くなるご老人を大勢診てきたが、それは決して悲惨な死に方ではなかった。むしろ、自然で安らかな最期だった……。

私は外科でありながらこんな話をしてくれたH先生は素晴らしい医者だと思う。正直、先生のお話には感動した。しかし、赤の他人なら納得できるが、家族となると〝正しい〟かどうかは問題ではない。

「口から物が食べられない、点滴もできない、死ぬのを待つだけというのは、家族感情として耐え難いものがあります。ポート手術をしても、年単位の延命は望めないかも知れません。でも、たとえ一ヶ月が三ヶ月に延びるだけでも、生きていてもらいたいんです」

「そのお気持ちは良く分かります。ご家族なら当然です」

H先生との話が終わり、私が帰ろうとすると看護師さんが病室に入ってきて「山口さんは退院が決まってから、とてもお元気になりましたよ」と言った。やはり母は家に帰れると分かっていたのだ。

入院中の兄からも電話があって、「今日、いつでも退院して良いって言われた。ただし、平日の午前中だって」「そんなら来週の月曜日しかないわね」。

兄は十月二十九日に退院と決まった。翌日には母の介護ベッドが入る。私は今度はシャカリキに母の部屋を片付け始めた。兄の部屋ほどではなかったが、母も〝溜める派〟なので大変だった。

退院した兄は、私が三日がかりで片付けてゴミを捨てまくった結果、自分の部屋が見違えるようにきれいになっているのを見たが、とうとうそのことには一言も触れなかった。こっちも意地になって口に出さなかった。その分、腹にたまった憤懣《ふんまん》は膨張した。

翌日はケアマネジャーの大石さんと福祉用具のAさんたちが訪れた。母の部屋のセミダブルベッドを撤去し、電動の介護ベッドを設置した。そして、母がいつもりビングで使っていたレンタルの電動ソファを引き上げた。

母はもう歩けない。二階からリビングに降りてきて、一緒にテレビを観ることもできない。部屋に運ばれた介護ベッドの上で死ぬ。母の残りの人生が、あの狭いベッドの中だけで終わってしまうなんて……。そう思うとたまらない気持ちだった。

それでも、病院ではなく、家で一緒に暮らせるのだ。住み慣れた家で、猫たちもいる。家に帰って来られるだけで、充分幸運なのだ。

私は無理矢理自分に言い聞かせた。

病院に行くと母は目を覚ましていて、私を抱きしめてくれた。

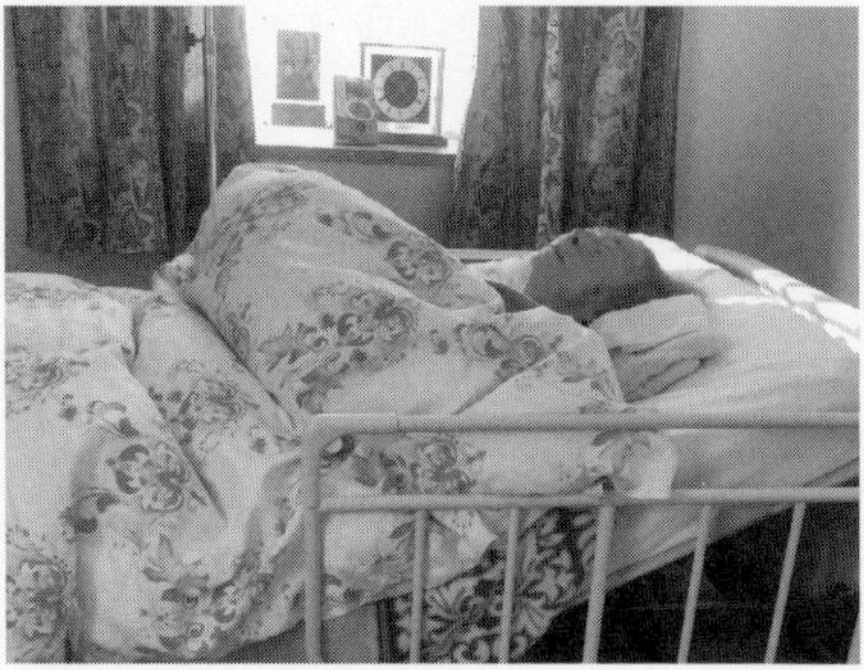

最終章
母を家で看取りました

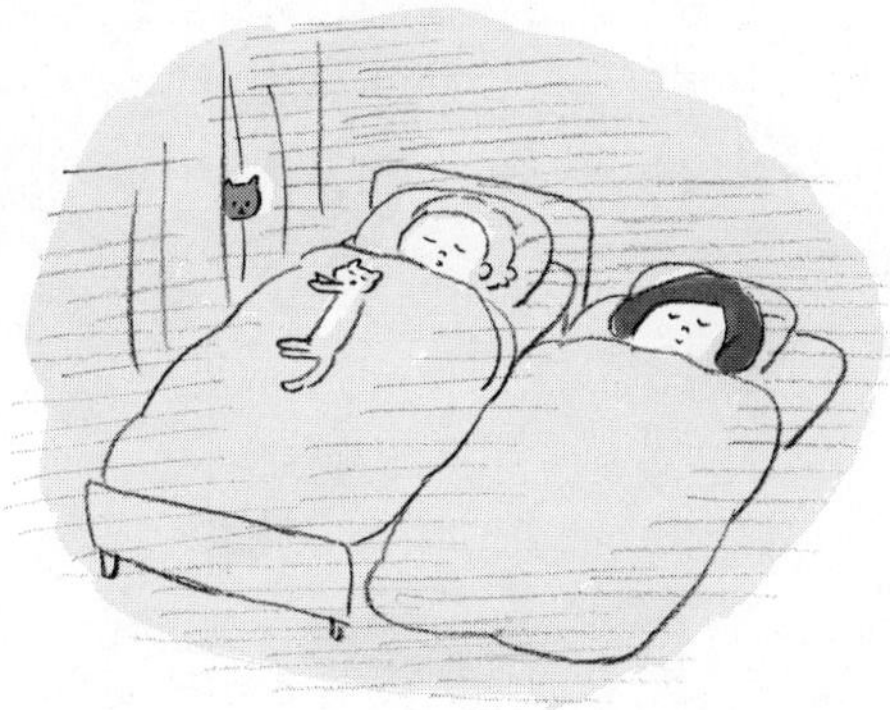

母が家に帰ってきた

二十年来の友人にOさんという人がいて、介護の仕事に就いている。実は訪問医の山中先生に「母を家で介護することはできますか？」と訊《き》いた同じ日、Oさんにもメールを送って頼もしい返信をいただいていた。Oさんは余命三ヶ月と宣告されたお母様を在宅で介護し、一年以上延命させて看取った経験がある。

先日久しぶりにOさんと会って食事をした。自然とメールの件が話に出て、Oさんは「私はあんなにお母さんと仲の良かった山口さんに、どうして在宅介護の選択肢がないのか、その方が不思議だった」と言われた。

その原因は、一つは情報不足だろう。テレビ番組で観たことはあっても、私の周囲に現実に在宅で看取りをした人はいなかった。人は病院で死ぬものだという固定観念ができ上がっていた。

もう一つ、医師に「退院できない」と宣告されると、その考えが頭に刷り込まれ、別の可能性を探る力が削がれるような気がする。

母の訪問医の山中先生は、訪問診療で末期の癌患者さんを大勢看取ってきたスペシャリストなのだが、私がそれを知ったのは母の死後だった。それくらい、在宅診療の情報は不足していた。


二〇一八年十月三十一日、母のポート埋め込み手術は無事に成功した。それから十一月五日の退院に向けて、準備は加速した。

一日には区の認定調査員が母の病室を訪れた。要介護2の介護度を見直すための調査で、後に要介護5と認定された。

その次の日からは看護師さんに勧められて、オムツ交換の練習を始めた。入院するまで母はかろうじて歩けたので、自宅ではパンツ式のオムツを使っていた。ベッドの上でテープ式のオムツ交換をするのは、初めての経験だった。看護師さんは「山口さんはいつも手すりにつかまって身体を支えてくれるので、とてもやりやすくて、助かります」と言ってくれて、私はとても嬉しかった。

同じ日、母のために新しい掛け布団とシーツを買った。それまでのベッドはセミダブルなので、同じシーツは使えない。掛け布団は古くなっていたので、ニトリで高級羽毛布団を奮発した。

退院に際しては移動手段が問題だった。我が家は昔の建て売り住宅で、玄関の前に階段がある。更に母の寝室は二階で、階段を二つ上がる必要がある。私は「山岳部出身の人に負《お》ぶって運んでもらおうか？」と言って、次兄に失笑された。

結局は介護タクシーを頼むことで解決した。そういう事例もあるらしく、感心なことに事前に家まで下見に来てくれた。

退院前夜、私は兄とニトリへ介護用品を買い足しに行った。兄は店に着いた頃から「頭がふらつく」と言っていたが、買い物を終えて店から駐車場へ出た途端、よろめいて転倒してしまった。通りがかりの青年が助け起こしてくれたが、私は四度目の脳梗塞ではないかと恐怖を感じた。「すぐ病院へ行こう」と勧めたが、兄は「大丈夫だから、取り敢えず家に帰る」という。それでも翌日に昌医会病院の脳神経外科を受診することに決まった。

しかし、困ったことになった。翌日、私が母を迎えに行っている間に、我が家には訪問医やケアマネジャーをはじめ、訪問看護師、介護士、訪問入浴と福祉用具のスタッフさんなど、介護関係者たちが訪問し、必要書類の記入などを行う予定だった。その間、兄が病院に行っていたら、我が家は無人になってしまう。

思い余って次兄に電話すると「どうせ顔を見に行くつもりだったから、早めに着くようにする」と、代役を引き受けてくれた。

そしていよいよ退院当日、私が病室に行くと、母は看護師さんに寝間着《ねまき》の上から毛皮の付いたケープを着せてもらい、車椅子に乗って待っていた。

「ママ、退院だよ。家に帰るよ。猫も待ってるからね」

母は車椅子ごと介護タクシーに乗せられ、私は隣の席に座った。

車の中から、母は瞳の輝きが違っていた。車窓を流れる景色に目を留めては「あれは駐車場?」などと訊く。病院では発語がない日もあったのに、まるで別人のように生き生きしていた。

私は母の手をさすりながら「もうすぐ葛西橋通りに入るからね」「ほら、銚子丸が見えてきた」「この先の道を曲がれば、家まですぐだよ」と話しかけた。母はその都度はっきりと頷き、時折私の手を強く握り返した。

帰宅すると、まず母を二階の寝室に運び、一息ついてからリビングに下りた。

そこでは次兄がすでに必要書類に目を通し、サインもしてくれていた。入間で特養老人ホームと老健施設を経営しているので、福祉関係には詳しいのだ。「最初が一番大変だから、できるだけ多くの時間帯にヘルパーさんを入れた方が良い。慣れてきて必要ないと思ったら、順に外せば良いんだから」と、貴重なアドバイスをしてくれた上、ケアマネの大石さんに「退院してから二週間は、介護ではなく医療保険で、毎日訪問看護師さんを入れられますよね?」と確認してくれた。

次兄は元来は昆虫少年で、結婚前も蝶の蒐集《しゅうしゅう》だけが生き甲斐という浮世離れした性格だったのだが、福祉の仕事に従事するうちに習熟したのだろう、本当に頼りになる専門家に成長していた。「立場が人を作る」という格言を、この日の次兄の姿を見て実感した。

ちなみに結婚前は自分でお湯を沸かしたこともないほど無精だったのに、数年前から休みの日は次兄が鍋を作るという。しかも昆布と鰹節で出汁を取って。兄嫁から「パスタもすごく上手よ。ボンゴレビアンコとか渡り蟹のトマトクリームソースとか」と聞かされた時は、驚きを通り越して感動してしまった。

兄が病院から帰宅し、お客さんたちも引き揚げると、兄妹三人で母の部屋に行った。

母は次兄を見て「良く来てくれたね」と微笑んだ。

そしてじっと私を見て「ママが入院すると、あんたが一番大変だね。すまなかったね」と言った。

母がそんな長いセンテンスを口にしたことは久しくなかった。私はまず驚き、次に胸がいっぱいになった。泣きそうだった。

「何言ってるの！　大変なことなんか全然ないよ！　ママが帰ってきてくれたんだから、嬉しくてたまらないよ！」

私はベッドの上の母を抱きしめた。今でもこの時の母のことを思い出すと、涙が溢れそうになる。

母に残された最後の快楽

母は二〇一八年九月四日、順天堂大学医学部附属浦安病院に救急搬送され、十一月五日に退院した。十月二十七日からは差額ベッドに移った。

ここで入院費について書いておきたい。
大部屋に空きがなく、母はずっと一人用の個室に入院していたが、九月分の入院費は八万二千円弱だった。それなら残りの入院費は三十五日分として、三十万円もあれば足りるだろうと思い、退院の日に持参したら、何と十月分だけで二十四万円強、十一月分は十四万円弱だった。たった五日で！　恐るべし、差額ベッド。

退院の翌朝、カボチャの軟らかい煮物とおかゆをベッドに持っていくと、母はペロリと完食した。子供用のお茶碗に半分くらいの量ではあったが、食欲が出たのは嬉しい驚きだった。

山中先生は「皆さん、退院すると食が進むんですよ」と仰っていたが、本当だった。

入院するまでの母は要介護2で、何とか自分の足で歩き、トイレにも行けた。しかし退院した母は要介護5で、完全な寝たきりとなり、ポート（中心静脈点滴）で命をつなぐ身となっていた。

どちらも私には初めてのことだった。

まずは訪問看護師の下野さんに点滴の袋の交換の仕方、点滴装置の仕組みと電池の交換などについて教えてもらった。点滴に電池が要ることとさえ、私は知らなかった。

ちなみに点滴の装置もレンタルで、専門の業者さんがいる。そして母の点滴薬は一週間分まとめて薬局から配達される。もし健康保険がなかったら、これらの費用はどのくらいになるのだろう。考えると空恐ろしくなった。

「お身体を拭きますので、タオルとバケツを用意して下さい」

介護用品売り場で買った「身体拭き」を出すと、「温かいもので拭いてあげましょう」。確かに、温かいタオルで拭いてもらった方が、ずっと心地良いに違いない。私は自分の不見識に恥じ入った。

タオルは身体用と「お下」用と二本欲しいとも言われた。母はタオルとガーゼが二面になった「おぼろタオル」を好んでいたので、使用した方を「お下」、未使用の品を身体用にした。

その日はもう一つ、五百ミリリットルのペットボトルの蓋にキリで穴を空け、中に湯を入れて、「お下」を洗う時に簡易シャワーとして使うことを教えられた。後日、それを使って仰臥《ぎょうが》したままの母の髪をシャンプーしてくれた看護師さんもいて、本当にありがたかった。

退院の翌日は何事もなく乗り切ったが、次の日、私は大失敗をしてしまった。明け方起きてオシメに触った時は濡れていなかったので、そのまま八時まで熟睡した。すぐに母の部屋に行くと、寝間着もシーツもぐっしょり濡れて、おまけにポートの針も抜いていた。

私は「ママ、ごめんね」と何度も謝って、すぐ看護師さんに連絡した。その日は九時に訪問予定だったが、下野さんは早めに駆け付けて下さり「大丈夫ですよ。よくあることですから」と言って、手早く母の身体を拭き、寝間着（私も着替えさせたが、シーツが濡れていたのでまた濡れてしまった）とシーツを交換してくれた。

そして「このベッドだと体位交換ができないから、ケアマネさんに連絡して、替えてもらった方が良いですよ」とアドバイスしてくれた。順天堂ではマットが電動で持ち上がり、体重の掛かる部分を変えて、床ずれを防止するベッドを使用していた。

ケアマネの大石さんに連絡すると、翌日の朝、福祉用具さんとマット交換にきてくれるという。母が入院して以降、私は日本の福祉行政の手厚さに、何度救われたことか。

その日は「オムツに尿取りパッドを重ねた上、蛇腹に折ったパッドを尿道の下に当てておくと、蛇腹が尿を吸い取って尿漏れしにくい」という新知識も教えられた。実践してみたら蛇腹の威力は大したもので、それ以後尿漏れはほとんどなくなった。

翌日訪問してくれた看護師の北さんは男性だった。母は粉薬を何種類か処方されていたのだが、水で飲むことはできず、病院でも食事に混ぜて服薬させていた。でもそうすると、せっかくの料理がまずくなり、ますます食欲がなくなってしまう。

すると北さんは持参のとろみ剤をメイバランスに混ぜて、簡単に服薬させてくれた。

それから母のお腹を触り、「ちょっとウンチがたまってますね」と言い、肛門に指を入れて便を掻き出してくれた。これは「摘便」という行為で、介護医療の現場ではごく普通に行われているらしい。

私が生まれて初めて母に同じ行為をしたのはその年の二月だった。急激に食欲が落ちて便秘がちになり、硬い便が詰まって出にくくなっていた。最初は母が自分でやっていたのだが、あまり上手く行かないので「私がやってあげる」と。母娘といえど結構な勇気が必要だったし、終わった時は大事業をやり遂げた後のような虚脱感さえ覚えた。しかし、北さんは当たり前のように、ゴム手袋をはめた手で淡々と作業をしていた。看護師も介護士も本当に大変な職業だ。私は心から感謝し、感心した。

しかし、同時に「ママは可哀想に」と思わずにいられなかった。看護師とは言え、見知らぬ若い男性にウンチを掻き出されているのだ。だが、ここは割り切るしかない。私は自分に言い聞かせた。看護師さんや介護士さんは任務を、それも大変な任務を果たしているのだ。介護を受けるなら、そこに俗世の見栄や羞恥心を持ち込んで任務を妨げてはならない……と。

様々な訪問サービスの中でも特筆すべきは訪問入浴だった。看護師さんと男女の介護士さんの三人で活動していて、ガス設備のある車でやってくる。車には浴槽が積んであり、二階の母の部屋へ運んで組み立てる。家の水道から車内にホースで水を引いて沸かし、別のホースでお湯を家の中に引き入れ、浴槽に満たす。そしてベッドメーキングと入浴の世話をしてくれる。

湯船にはハンモックのような布が張ってあり、身体が沈みすぎないようになっている。母は身体にバスタオルを掛けて湯船に浮かんでいた。二人の女性が湯の中で母の両手を優しくこすると、消しゴムのカスのような垢《あか》が水面に浮いてきた。病院でも毎日お清拭《せいしき》をしてくれていたが、お湯に浸かると違うのだった。

母は気持ち良さそうに、うっとりと目を閉じていた。母に残された最後の快楽が、この訪問入浴だった。その心地良さは健康な時と変わらなかったのではないかと思うと、ただ感謝しかない。

このいびき、普通じゃない

退院から一週間が過ぎ、私はやっと「母を介護する生活」に慣れ始めた。看護師さんに教えてもらって、ペットボトルで作った簡易シャワーを使って排便後の下半身をきれいに洗うことや、オムツ交換や寝間着の着せ替えも、それなりにできるようになった。

たまに失敗してしまうこともあったが、毎日午前九時にはヘルパーさんか看護師さんが来て、キチンとフォローしてくれるので心強かった。

母は家に戻ってからも、一日の大半はうつらうつらとまどろんでいたが、日曜日に次兄夫婦が見舞いに来てくれた時は意識もハッキリしていて、短いながらも会話があった。そして私に「手は足りてる？」と尋ねた。「大丈夫だよ」と答え、私は胸がいっぱいになった。寝たきりになっても母は私のことを心配してくれている。それが本当に嬉しく、ありがたかった。

しかし、その日の状態が良いと、ほとんどの場合、次の日には意識レベルが下がってしまう。

翌日の月曜日も朝からずっと眠った状態で、ヘルパーの松本さんがオムツ交換、服薬、口の中をきれいに拭いてくれている間も、半分寝たままだった。「絢子《あやこ》さん、いびき大きいね」と、松本さんはちょっと怪訝《けげん》な表情で言った。彼女は経験豊富なベテランのヘルパーさんで、思えばこの時、母の異変はすでに始まっていたのだ。

午後二時に来てくれた訪問看護師の下野さんが母の血圧を測ると、二〇〇を超えていた。通常一三〇台なのに。そして母のいびきを聞いて「ちょっとこれ、普通じゃないですよ」と言い、懐中電灯を当てて母の瞳孔を調べ、山中先生に連絡するように指示した。

幸い山中先生は近くの訪問先にいらして、すぐに駆け付けて診察してくれた。先生の診断も「脳梗塞を起こしている可能性があるから、救急車を呼んだ方が良い」だった。

私は思わず「母はやっと家に帰ってきてすごく喜んでいるんです。また病院に入れたら、ショックで気落ちして、一気に体調が悪くなるかも知れません」と訴えた。先生は説得の言葉を探して考え込んだが、下野さんは「そんなこと言ってる場合じゃありません！」と私を一喝した。先生も丁寧に説明してくれた。それで私はやっと急を要する事態になっていることを理解し、救急車を呼んだ。

ちなみに下野さんは「訪問看護ステーションつぐみ」の責任者で、山中先生も感心するほど優秀な看護師だ。

母はわずか一週間前に退院したばかりの順天堂大学医学部附属浦安病院へふたたび搬送された。点滴を受け、ＭＲＩをはじめいくつかの検査を受けた。

以前も書いたので恐縮ですが、とにかく病院は待たされます！　母の場合はＭＲＩの検査をするまでと、検査が終わってから診断が下るまでの間、もの凄く待たされた。その間、私はずっとそばに付き添っているのだが、私にはするべき用事もなく、できることも何もない。最初に書類に記入したら、後はただ座っているだけだ。

そして待たされている間に、母の症状が重篤でないことも分かってきた。医師も看護師もそばにいなくて放っておかれたから。

それなら、付き添いは一時的に病院を離れられないものか。「結果が出るまで○時間掛かりますから、その間、連絡が取れるようにして下さい」とでも指示してくれたら、可能だと思うのだが。

この時、私は取る物も取り敢えず病院に来てしまったので、家に戻って尿取りパッドの替えを取ってきたいし、台所も片付けたい。何より、二時間もあればその間にエッセイ一本くらい書けるのだ。十二月は年末進行で締め切りが早まるから、原稿を書きたかった。

検査の結果が出て、医師から「異常はない」と告げられたのは午後十時頃だった。意外な結果だった。午後二時の時点では脳梗塞に近い症状はあったはずだ。経験豊富な医師と看護師が脳梗塞を疑ったのだから。どういう経緯で症状が消えたのか、私には分からないが、とにかく母が無事に家に帰れることになって、大いに安堵した。

しかし、喜んだのも束の間、母を家まで運ぶ手段を考えて困惑した。もう救急車は頼めない。まさに「行きは良い良い、帰りは怖い」である。看護師さんに相談すると「介護タクシーを頼んで下さい」とパンフレットをくれた。ついでに「尿取りパッドを一つもらえませんか？」とお願いして、オシメのパッドを交換した。家から当てていたパッドは尿でぐっしょり濡れていた。

病院が紹介してくれた介護タクシーは、退院の時に頼んだのとは別の会社だった。「我が家には階段が二つあります」と事情を説明すると、「補助を一人付けます。夜間割り増しと合わせて料金は一万七千円です」と言う。否も応もない。ここにお願いしなければ母を家に連れて帰れないのだ。

帰宅したのは十一時過ぎだった。母もくたびれただろうが、私もクタクタだった。その夜は疲れ切って熟睡した。

しかし、この「事件」のせいで、私の気持ちはより引き締まった。それまでは朝、オムツに大量にウンチやオシッコがしてあると、オムツ交換だけでなく、お尻を洗ったり、時には寝間着も着替えさせねばならず、正直いささか億劫だった。だが、ウンチやオシッコがいっぱい出るのは、元気な証拠なのだ。朝晩のオムツ交換の時にドッサリ排尿・排便がしてあると「ああ、良かった！」と、改めて安堵と感謝の気持ちが湧いてきた。

翌日来てくれた訪問看護師の青亀さんは、ベッドに仰臥したままの母の髪をシャンプーしてくれた。枕の上にオシメを広げて洗ってくれたのだが、その見事な手際に息を呑む思いだった。介護の世界は用具や機器も進歩しているが、技術の進歩も著しいのだろう。

昨日の今日なのに、母は自分が救急搬送されたことも忘れていた。しかし私が事情を話すと「大変だったねえ」とねぎらってくれた。

週末には下野さんとケアマネの大石さんが来訪して、来週からの介護プランを相談した。お二人とも「症状の差が激しいので、毎日ケアを入れた方が良い」というご意見だった。他人の目が入ることで予防できる病気がある。私もまったく同感だった。

その日の母のお昼は茶碗蒸し、夜は餡《あん》かけ豆腐にした。母はどちらも完食してくれた。そして兄に「恵以子の茶碗蒸し、美味しかったから、お食べ」と言ったそうだ。

その日の備忘録に「ママはいつも子供のことを考えてる。鬱にならないのもありがたい。ママ、大好き！」と書いてある。

その気持ちは母が亡くなった今も少しも変わらない。

上を向いて歌おう

二〇一九年、約二十年ぶりに町会の当番の役が回ってきた。主な仕事は回覧板を回すことと、年四回募金を集めることだ。

そして九月下旬、「秋の交通安全運動」の一環として、見守りの仕事をした。各地域の当番が詰め所に集まって交通安全の黄色いタスキを掛け、横断歩道の脇に立って信号が青になると黄色い旗を横に出す……というのを三十分ほどやって帰ってきた。

詰め所は環七沿いのコンビニの駐車場に立てられたテントなので、それなりに交通量もあり、通行人もあったが、前回は……。

二十年前の当番の時、私は派遣店員として働いていたので、代わりに母に行ってもらった。方向音痴の母のため、前日に詰め所のテントへ案内したら、そこは細い路地に面した駐車場で、車の往来はもとより人っ子一人通らない場所だった。役目を終えた母に「どうだった？」と訊いたら「お菓子食べてお茶飲むよりすることなかった。犬を連れてきた人がいて、みんなで犬と遊んだわ」と答えた。

私が呆れて「意味ねーじゃん！」と言ったら、兄は「車がいっぱい通るとこで年寄りがウロウロしてたら危ないだろ」と。ごもっとも。

母の想い出のほとんどが、愉快で楽しい。私は一人で思い出し笑いをしてしまう。


母は退院一週間後に脳梗塞を起こしかけたが、事なきを得た。

それからしばらくは平穏な日が続いたのだが、一つだけ困ったことがあった。母がポートの針を何度も抜いてしまったのだ。一度抜いたら、看護師さんか医師でないと刺し直せない。

母は病院で前合わせの寝間着を着ていたのだが、訪問看護師さんに「これは胸元に手が入りやすいので、針を抜いてしまう。抑制着みたいな、手の入りにくいパジャマを売っているから、そっちに替えた方が良い」とアドバイスされ、アマゾンで注文した。

後日届いたそのパジャマは、つなぎのような上下一体型で、縫い目がファスナーになっていた。全部開けると一枚の布になるデザインだ。襟元にはマジックテープで開閉する「隠し」のような布が付いていて、簡単にはファスナーを開けられないようになっていた。それでも「襟ぐりが広すぎる」というので、狭めに縫い縮めた。確かに介護する側には便利なのだが、着心地はどうだったのだろう。母は昔から「前合わせの寝間着」と「ネグリジェ代わりのロングTシャツ」を愛用していて、そうしたパジャマは着たことがなかった。それを思うといささかやりきれない気持ちになる。

そして、服薬も問題だった。ただでさえ食欲が衰えているので、ゼリーに薬を混ぜて食べさせると、もうそれだけで何も食べられなくなってしまう。山中先生に「薬は点滴に入れてもらえないでしょうか？」と相談すると、すぐに対応して下さった。その日の備忘録には「夜はプリン完食！　これで行こう！」と書いてある。その後も「シュークリームのカスタードクリームを完食！」などの記述が続いた。

母が入院中も、退院してからも、私は原稿書き以外に取材その他で外に出掛ける仕事も多く、毎日けっこう綱渡りだった。約束の日付と時間を間違えたら信用問題になるし、私と兄の二人が家を留守にしたら、介護スタッフさんは家には入れない。だからリビングの壁掛けカレンダーと私の卓上カレンダー、備忘録の三箇所に毎月の予定を書き込んであって、訪問介護の時間も全部明記していた。

それなのに、ヘルパーさんの訪問時に兄の車で買い物に出てしまったことがある。メールが入ってあわてて気が付く始末だった。翌日、無駄足をさせてしまった松本さんに平謝りしたが、松本さんは「気にしないで」と笑顔で仰り、「大変ですね」と同情して下さった。

そんなある日、兄が「ママが『歌、歌おう』って、口を動かすんだよ。俺、あんまり声が出なくてさ」と言った。

母は女学生時代コーラス部に入っていて、声楽家を夢見ていたが、扁桃腺の手術で声質が変わってしまったので諦めたと言っていた。

私は「昔の唱歌のCDを買って、毎日一緒に歌おう！」と思い付いた。山中先生に訊いたら、歌を歌うのはとても良いそうだ。気分が上向くだけでなく、口腔リハビリにもなるという。

早速アマゾンで唱歌のCDと小さなラジカセを注文した。

その週末、兄は「お客さんに呼ばれたから」と外出した。その年の五月で整骨院は閉めたのだが、馴染みの客に個人的に治療を頼まれることがあるようだった。

それでハッと気が付いた。自宅にプロの整体師がいるのだから、母のリハビリをしてもらおう、と。

順天堂大学医学部附属浦安病院に入院中、母は毎日ベッドサイドでリハビリをしてもらっていた。ベッドに腰掛けて腕を上げたり下ろしたり、足を伸ばしたり曲げたりと、簡単なメニューではあったが、理学療法士の先生が付きっきりで二十分くらいやってくれた。どんなに軽い運動でも、やるのとやらないのでは血行その他が違うはずだ。

帰宅した兄にリハビリの件を頼むと、「俺は今、自分の身体のことだけで精一杯で、とてもママの面倒まで見られない」と答えた。

私は本当に、もう少しでブチ切れそうだった。

「ふざけんじゃないわよ!」「客の治療に行ったくせに、自分の母親のリハビリができないとはどういうことよ!」「甘ったれるのもいい加減にしろ!」「もう生きてる資格がない!」「死んだ方が良いわよ!」。

容赦ない言葉が次々と頭の中で炸裂した。口に出したらもう後戻りはできない。一緒に暮らすのも無理だろう。そんなことになったら、母がどんなに悲しむか。それが分かっているので、何とか無言を貫くことができた。

今にして思えば、兄も可哀想だと思う。若い頃から多くの責任を背負い、私と次兄にとっては父親代わりだった時期もある。人一倍の努力で次々襲いかかるトラブルを克服してきた。それが七十を過ぎて病に倒れ、一生を懸けた仕事を失い、最愛の母親との別れも近づいているのだ。心細くもあるだろうし、焦りも悔しさもあるだろう。

だが、その時の私に兄の気持ちを思いやる余裕はなかった。こんなに一生懸命やっているのにまるで協力する気がないと、恨みつらみばかり募らせていた。

その日の備忘録には「私はママとヒロちゃんを抱えて、この家を維持できるのだろうか？」と不安な気持ちを吐露している。

ふたたびの入院

父が亡くなってしばらくしてから、母は自宅で腕時計をはめるようになった。出掛ける予定があるわけでもないのに、どういう心境の変化だったのだろう。もしかして、母は腕時計をはめることで「社会と繋がっている」気分になったのかも知れない。

八年前、従弟夫婦に第一子が誕生した際、家族でお祝いを贈った。お返しに商品カタログが送られてきて、母は婦人物の腕時計を選んだ。母は老眼で、文字盤が大きくないと見えず、家では兄のお古の男物の腕時計をはめていたので、「どうせなら男物にしたら？」と勧めたのだが、どうしても婦人物が欲しいという。

家に届いたその腕時計を母はとても気に入っていた。しかし、文字盤は読めなくて、時間を知りたい時は私に「今、何時？」と尋ねた。ちなみに、昔の人らしく、いつも文字盤を手首側にしてはめていた。

二〇一八年の六月、母を風呂に入れた時、私は外した腕時計をエプロンのポケットに入れた。そして自分も入浴した後、腕時計を入れたのを忘れ、エプロンを洗濯機に放り込んでしまった。気が付いたのは脱水が終わった後で、腕時計は動かなくなっていた。

私は平謝りしてすぐに別の腕時計を買ってきたが、母は怒りもガッカリもせず、新しい腕時計を「見やすいね」と気に入ってくれた。

動かない母の腕時計は、今も私の机の抽斗《ひきだし》に入れてある。

✿

退院してから一ヶ月に満たない間に、母は何度かポートの針を抜いてしまった。その対策に介護パジャマを着せ、普段から注意してはいるのだが、二十四時間見張っているわけにもいかない。

十一月最後の木曜日も、山中先生が訪問してくれた際、ポートの針がズレていて、皮下点滴状態になっていた。すぐに処置していただいたが、右の鎖骨周辺が少し腫《は》れて熱を持っていた。

「可哀想だけど、目の離れている間は拘束が必要かも知れない」

先生にそう言われて、胸が苦しくなった。入院中は点滴を外さないように、ミトンや腕カバーをされていることも多く、それを見る度に可哀想でたまらなかった。やっと楽になれたと思ったのに。

その日は母の大好きな訪問入浴の日だったが、風邪気味で患部に腫れもあったので、清拭だけに留めてもらった。

客観的に見れば、今の母は寝たきりで口から満足に物が食べられず、点滴が煩《わずら》わしくて何度も針を抜く。この状態でも生きていてもらいたいと思うのは、私のエゴなのだろうか。

金曜日、母は風邪の症状は治まったようだった。午後一番で訪問看護師の下野さんが来てくれて、針交換などの他、浣腸してくれた。

下野さんは母がポートの針を何度も抜いてしまうので「別の方法を考えた方が良いんじゃないですか？」と言う。「別の方法って？」と訊くと「胃瘻《いろう》とか」と答えが返ってきた。

胃瘻と聞いただけで私には拒否反応があった。「意識のない植物状態の人にいっぱい管をつないで無理矢理延命させる」というイメージが頭にこびりついていたからだ。落ち着いて考えれば、母は意識もあるのだから、胃瘻も選択肢の一つだったかも知れないのに。

そして翌日の土曜日、午後三時半に下野さんが「昨日、点滴に降圧剤を入れるのを忘れた」と、予定外の訪問をしてくれた。

部屋で母のパジャマのファスナーを開けると、鎖骨周辺の肉が赤く腫れて、熱を持っていた！

「針がズレて、点滴の液が漏れてるんです」

パジャマの上から見て針が抜けていなかったので、油断してもっと早くに皮膚の状態を確かめなかった私の落ち度だ。

すぐに山中先生に連絡し、救急車を呼んで順天堂大学医学部附属浦安病院に救急搬送することになった。

「ママ、ごめんね。やっと家に帰ってきたのに。こんなつもりじゃなかったのに。ごめんね、ごめんね」

私は母の傍らに付き添いながら、心の中でくり返した。

順天堂で運ばれた先は消化器外科で、担当の外科医はポート造設の手術をしてくれたH先生とは別の人だった。

「ポートの溶液が皮下に漏れて感染症を起こしています。栄養価の高い溶液なので、症状も重篤です。〝ジブリ〟と言うんですが、それを引き起こした場合は、感染した肉をごっそり除去しないと……」

その説明を聞いた途端、私はもう少しで「そんなことするくらいなら、いっそ安楽死させて下さい！」と叫び出すところだった。

医師としては「最悪の場合」を説明しなくてはならないのだろう。それは分かるが、本当に私は生きた心地がしなかった。

とにかく母は入院することになった。部屋は四人部屋が空いていて、そこに案内された。この日、私が順天堂大学医学部附属浦安病院に着いたのは午後四時半、帰宅したのは十一時半だった。

次の日、午前中に病室に行くと、母は意識があって、私を分かってくれた。主治医は前回お世話になった消化器内科のＩ先生で「数値は改善してきて、熱も引きました」と、少し希望の持てる話をしてくれた。昨夜から消炎剤などを点滴しているはずなので、その効果があったのだろう。

家に帰るとアマゾンで注文した唱歌のＣＤと小型ラジカセが届いていた。母と兄と三人でこれから毎日歌うつもりで買ったのに、四人部屋ではそれもできない。

せっかく母を家に連れて帰ったのに、私の不注意のせいで病気をひどくして、もう一度入院させてしまった。私はひたすら「ごめんね。ごめんね」と心の中で謝り続けた。

それでも病室に行くと、母は意識があり、「辛かったよ」と私に抱きついた。もう一度母を家に帰したい。一緒に暮らしたい。そう思うと、不意に「胃瘻」の可能性が気になった。

山中先生に相談すると「基本的には勧めないが、ポートの針を何度も抜くのは良くない。知り合いに出張の歯科医がいて、嚥下《えんげ》のリハビリもやってくれる。二つを併用して最終的に経口栄養を主、胃瘻をサポートに持って行ければ良いのだが」と話してくれた。私はまさしく目から鱗の落ちる思いだった。

そうだ、ポートと胃瘻の違いは、理論的には血管か、胃か、それだけだ。二十四時間管でつながれるポートより、栄養摂取時だけ管をつなぐ胃瘻の方が、きっと負担が軽いだろう。そして、胃瘻と口腔リハビリを併用すれば、母はもう一度口から物を食べられるかも知れない。それならきっと、今より生活が楽しくなるはずだ。

この時、すでに母の死期は迫っていたのだが、私は希望的観測に取り憑かれ、現実が見えていなかった。

最期は我が家で

十二月九日は日曜日で、入間から来た次兄と病院で落ち合い、同居の長兄と三人で母を見舞った。母は次兄を見ると「Mちゃんは？」と兄嫁のことを尋ねた。母は最期まで次兄夫婦のことを認識していて、誰だか分からないことは一度もなかった。

病室を出てから次兄に胃瘻の件を話した。「最近は老人医療の現場でも、以前ほど胃瘻は奨励されない。でも、家に帰るのを優先するならやむを得ない選択だと思う」という意見だった。

三人で食事をして次兄と別れた後、私は「もう一度病院へ行こう」と、兄を引っ張って病院に引き返した。母は兄の顔を見て「疲れた？」と訊いた。兄は苦笑して「うん、疲れたよ」と答えた。

母はちゃんと分かっている。子供たちを心配している。母と一緒に暮らすために胃瘻は必要な手段だと、私は自分に言い聞かせた。

翌日の夕方、その日二度目の見舞いに行くと母の鎖骨の周辺がパンパンに腫れ上がっていた。午前中は何ともなかったのに、いったい何故⁉ 母は「辛かったよ～」と私に訴えた。私はショックで狼狽したまま、母を抱きしめることしかできなかった。看護師に事情を訊いたが「明日、担当医から直接説明があります」としか答えてくれない。母の容体も心配だったが、病院に対する不信感と怒りもあった。病院にいるのに、どうして急にこんな状態になったのだろう。

翌日、担当のI先生から「皮膚を筋肉から剝がして膿《うみ》を排出した。傷口は縫合せず、ポケット状に開放して洗浄する」と説明を受けた。その程度のことなら看護師さんが代理で説明してくれても良いのに……というのが正直な気持ちだった。

せっかくの機会なので、私は胃瘻の件を提案した。するとI先生は「口からの栄養摂取ができない状態で胃瘻の手術をすれば、かなりの確率で肺炎を起こします。そんな危険な手術はできません」と、きっぱり断言した。

「もうポートも作れません。このままの状態で待つだけです。多分、二、三ヶ月で眠るように亡くなるでしょう」

これまで母は余命宣告に近いことを何度か言われたが、その度に何とか乗り越え、命を永らえてきた。だから私は希望的観測を持ち続けて来たのだが、さすがに今度ばかりは気力が萎えた。

次兄に電話すると、しばらく沈黙していたが「手術したのは可哀想だったけど、それ以外はほとんど『痛い、苦しい』無しでやってこれたのだから、諦めるしかない」と答えた。

私も理性ではそう思っていた。しかし、心は諦めきれなかった。母はまだ意識があって、私の手を握り返してくれるのに。

翌日、病室に行くと、母は意識がはっきりしていて、新作の小説の構想を話すと、所々で頷いてくれた。話している途中で、私は涙が溢れてベッドに突っ伏してしまった。母は黙って私の頭を撫でてくれたが、もう自分の運命を悟っていたのかも知れない。

私は山中先生に電話して事情を打ち明けた。すると先生は「ハッキリ言いますが、末梢血管点滴は延命には繋がりません。二週間くらいで血管がダメになります。とても二、三ヶ月は保《も》ちませんよ。今年中か、お正月までの命だと思います」と仰った。

その言葉を聞いた途端、何故か私は背筋がシャンと伸びたような気がした。もう、くよくよ悩んでいる時間などない！

「母を家に帰すことはできますか?」

「できますが、その場合は、お看取りのための帰宅になります」

点滴の管を全部抜いて自宅で看取ることになるという。

「口から栄養が補給できない状態で点滴もやめて、それで本人に苦痛はありませんか?」

「ありません。皆さんとても安らかに、穏やかに逝かれます」

「大体、どのくらい命が保ちますか?」

「人によりけりですが、平均して二週間です。ただ、急変する可能性はありますので、それはご承知置き下さい」

それで私の心は決まった。母を家で看取ろう、と。

頭の中でスケジュールを調整した。年内は二十七日まで外出を含めた仕事の予定が立て込んでいるから、退院は二十八日しかない。それに山中先生に「二週間」と言われたことも効いていた。母には年末年始をゆっくり我が家で過ごさせたい。

翌日、午前中に病院へ行くと、母は採血をされていた。もう死ぬと分かっているのに、何故? 血管が出にくくて痛がっているのに。

私は山中先生に電話して、もう採血はやめて欲しい旨、担当医に話して下さいと頼んだ。先生は快く承知して、ついでに母を家で看取る件も話して下さるという。

最初I先生は「自宅で家族の死を見守るのは大変ですよ」と渋っていたそうだが、山中先生は「山口さんの娘さんは非常に強い意思を持っているので大丈夫です」と説得して下さったそうだ。

翌日、I先生は病室を訪れて「もし退院が難しい状況でも二十八日の退院を希望されますか？」と尋ねた。私は「希望します」と即答した。私には分かる。母は病院ではなく、家で死にたいのだ。

二十八日の退院が決まると、ケアマネさんに連絡を取り、ヘルパーさんや看護師さんたちの訪問スケジュールを決めた。

母は自力で排尿ができなくなり、二十日から導尿されていたが、二十一日には個室に移った。これでやっと買ってきた唱歌や懐メロのCDを母に聴かせることができた。

小林旭の歌を聴いている時、母がCDジャケットを見て「この人誰？」と訊いたので「小林旭」と答えると、私を見て「痩せたね」と言った。「私は小林旭じゃないわよ」と笑ったが、母は私の心労を心配してくれたのかも知れない。

退院の前日「明日は退院だからね」と言うと、母は「家に……」と答えた。弱々しい声だったが、嬉しそうに何度も頷いた。

二十八日、いよいよ母は退院した。病院を出る前に、点滴も全部抜いた。導尿だけはされたままだったが。

その日、早速訪問してくれた山中先生は「思ったよりずっと良い状態です。正月、迎えられますよ」と太鼓判を押してくれた。

夜は介護ベッドを床まで下ろし、隣にマットを敷いて並んで寝た。夜中に母が咳き込んだので「寒い？」と訊くと、半身を起こした私を見て「寒くないけど、あんた、その格好じゃ寒いよ」。私は「大丈夫だよ、布団被《かぶ》ってるから」と答えた。続けて「家だよ」と言うと、母は「ずっと居たいね」と答えた。

そうだよ、ママ、ずっと居ようね。

私は胸に溢れる思いを噛みしめながら、母の手を握っていた。

母がこの世を旅立った日

暮れに退院して自宅に戻ると、母と一緒に過ごす時間は格段に増えた。昼間は何度も母の部屋に行って話しかけ、ゲラ直しやアイロンかけなどは母の部屋でやり、夜は介護ベッドを最下段に下ろし、床にマットを敷いて並んで寝た。

だから夜中に母が目を覚まして何か言うと、すぐに「どうしたの？」と声をかけられたし、手を握ったり抱きしめたりもできた。すると母は安心して、ふたたび眠りに落ちた。夜、母を一人にしないで済んだだけでも、病院から連れて帰って本当に良かったと思う。

大晦日には矢部さんという理容師さんに顔剃りに出張してもらった。母とは五十年来の馴染みで、我が家が別の町に引っ越した後も、母は他の店に行かずに通い続けたくらいお気に入りだった。丁寧に顔を剃ってもらって、母は気持ちよさそうにうっとりしていた。

矢部さんは私に「奥さんは呼吸が楽で本当に良かったですね。うちの姉は肺をやられて、大変でした」と語り、帰っていった。

丸の内新聞事業協同組合の社員食堂を退職してからも、私は毎年元日の新年会にはシャンパン持参で出席していたが、二〇一九年だけは暮れに会社に挨拶に行き、欠席する旨を伝えていた。だから久しぶりにゆっくりと大晦日の夜を過ごすことができた。

その夜は三時と五時に目が覚めた。母はけっこう大きないびきをかいていたが、息苦しくはなさそうだった。そして五時に自分のいびきで目を覚ました。「ママ、明けましておめでとう」と言うと、回らぬ舌で「明けましておめでとう」と挨拶を返した。

これが母と迎える最後の正月になる……。

私の心にこみ上げたのは悲しみや寂しさではなく、感謝と喜びだった。山中先生も仰っていたように、退院してから平均二週間は生きられるようだが、急変の危険は否めなかった。しかし、母は私に二人の最後の正月を与えてくれた。苦痛も悲嘆もない、穏やかで心安らかな正月を。

もう口からは水も飲めなくなっていたが、朝、私が「お雑煮のおつゆ、飲んでみる?」と訊くと、こくんと頷いた。そして、無理してやっと一口だけ飲み込み、「美味しいね」と言ってくれた。

午後、手足に保湿クリームを塗ってマッサージをしようとしたら、左足の甲がかなりむくんでいる。ビックリして山中先生に電話すると、元日だというのに訪問してくれた。ちなみに先生は大晦日と元日で二十五軒往診したという。診察の結果は、心臓の動きで左右差が出ているだけで心配ないとのことだった。血圧も脈拍も呼吸も安定していて、終末に向かってとても良い状態だという。

「お母さんは残された水分と油分を上手に使って心臓を動かし、ゴールに向けてゆっくり進んでいます。苦痛はなく、自然の流れに身を任せて水の上を漂っているような状態です。だから最期の時が来ても、決してあわてずに、落ち着いて見守って下さい」

先生の言葉は、母を看取る上で力強い支えになってくれた。

三日になると、夜中のいびきが少なくなった。もう母にはいびきをかく体力もなくなってしまったのかも知れない。

五日には最後と思ってお願いした訪問入浴さんが来てくれた。次兄は入浴は体力を消耗するからとあまり賛成しなかったが、私はどうしても最後に、大好きなお風呂に入れてあげたかった。

訪問看護師さんは、清拭やシャンプーの際に「山口さんも手伝ってみますか?」と声をかけてくれた。私は看護師さんと一緒に母の世話をしながら、母が痩せて軽くなってしまったのが悲しかった。

しかし、家で看取ると決めてから、私の心はとても穏やかで、嘆き悲しむようなことは一度もなかった。むしろ、最期の時を一緒に過ごせる幸運に感謝しながら、一日一日を過ごしていた。

母は少しずつ、穏やかに衰弱していった。十二日の夜中、小さく呻《うめ》き声を上げたので、私は母のベッドに潜り込み、抱きしめてから添い寝した。「ここは家だよ。私がずっとそばにいるからね。大丈夫だよ」と耳元で囁くと、母は「嬉しいよ」と言った。

それが母の発した最後の言葉になった。これ以降、意味のあるセンテンスを口にすることはなくなった。母の最後の言葉が「嬉しいよ」だったことに、私はいつも救われる思いがする。

退院後、母は点滴も経口栄養もなく、水分を摂取していなかった。にもかかわらず、十二日まで毎日排尿があった。量は二百ミリリットルから百五十、百二十、九十……と、徐々に減っていったが。

そして十三日に尿が止まった。岐阜県で在宅医療をしている医師の書いた『なんとめでたいご臨終』には「旅立ちの日が近づいたサイン」として、死の四日前に尿が出なくなることが多いと書いてあり、私はいよいよ別れが近づいていることを覚悟した。

それでも、母が声を上げる度に私が手を握ると、ギュッと握り返してくれた。母はまだ私が分かるのだ。

私は母の生命力の強さと愛情の深さに感じ入った。この二つがあるからこそ、年を越し、正月も松の内を過ぎてなお、この世に留まって私のそばにいてくれる。

その後も排尿がないまま時間は過ぎ、十六日には肛門が開いて、夜に入れた座薬がオムツの上に出るようになった。これは末期の症状だという。ただ幸いなことに、母は苦しむ様子もなく、穏やかに眠り続けていた。

この日は入間から兄嫁が見舞いに来てくれた。何度も次兄を誘ったのに、グズグズ言って来なかったという。兄嫁は「男の子って母親に対する愛情が深いから、それでお母さんの顔を見るのが辛いのかも知れないわね」と言った。そして兄嫁が生きている母を見たのも、この日が最後になった。

翌日、私は山中先生に電話して「もう尿が出ないから、導尿は外して下さい」とお願いした。午後に代理の看護師さんが来て、処置をしてくれた。

「良かったね、ママ。もう煩わしいものは全部外したからね」

私は枕元で母に言った。それからベッドの脇の椅子に座って、映画『砂の器』のパンフレットを音読した。耳は最期まで聞こえると聞いたことがある。母は昔一緒に観たこの映画が大好きだった(特にテーマ音楽が)ので、映画化にまつわるエピソードを語って聞かせれば、楽しんでくれるかも知れないと考えた。

パンフレットを読み終えると、手元にあった雑誌を音読した。たとえ意味は分からなくても、私の声が聞こえていれば安心するだろうと思ったのだ。

夜になり、いつものように床にマットを敷いて並んで寝た。私には今夜が最期かも知れないという予感があった。尿が止まって四日目とか、肛門が開いたとか、客観的な事実もあったが、それ以上に理屈では説明できない雰囲気を感じていた。

明け方に目が覚め、母を見た。息づかいがそれまでと違う。明らかに呼吸が浅い。いよいよ最期なのだと分かった。

私は母の手を握り、額《ひたい》に手を置いてそっと髪を撫でた。そして耳元で「大丈夫だよ。そばにいるからね」と囁いた。

その朝、午前六時三十五分に、母はこの世を旅立った。悲しみではなく、感謝の気持ちに満たされて、私は母を見送った。

介護の日々を振り返って

母を看取ってから十ヶ月が過ぎようとしている。

当初は気が張っていて心身共に元気だったのが、葬儀を終え、墓を買って一段落すると、風船から空気が漏れるように徐々に気力が衰えて、夏にはプチ鬱に近い状態に陥り、しばらく小説を書きたくなくなった。それでも何とか自分で自分の尻を叩いて執筆に漕ぎ着け、現在に至っている。

母の居ない生活にも慣れた。しかし、あの世とこの世に隔てられたという感覚はなく、隣の部屋にいるような気がしている。事実、母の遺骨は隣の部屋に置いてあるのだが。

私が本当の意味で母を「介護」したと言えるのは、二〇一八年九月四日に救急搬送されてから、退院と再入院を挟んで、二〇一九年一月十八日に亡くなるまでの四ヶ月半だと思う。何故ならその間は母はずっと寝たきりで、栄養補給も排泄も、他人の手を借りなくてはできなくなっていたからだ。

あの日々を振り返って思うことはいろいろあるが、一番強く心に残るのは、自分に医療知識が不足していたことだ。

例えば、胃瘻イコール植物状態という固定観念にとらわれていて、胃瘻と嚥下のリハビリを併用しながら、口から食物を摂取する割合を増やしてゆく方法もあるとは、夢にも思わなかった。もしそれを知っていたら、十一月に母を退院させる段階で、ポート（中心静脈点滴）ではなく、胃瘻を選択することもできたのではあるまいか。そうすれば母は、ポート漏れから感染症を起こして再入院することもなかったのに。

そして、介護度が要介護4か5になると、使えるサービスが格段に増えることも初めて知った。母は長らく要介護2だったので、本人がデイサービスを嫌って通わないと、他に利用できるサービスは福祉用具（車椅子や手すり等）のレンタルくらいしかなかった。ところが要介護5で退院すると、毎日三回ヘルパーさんを頼み、一日置きに訪問看護師さん、一週間に一度訪問入浴さんと訪問医さんをお願いしても、医療器具のレンタル代や薬代も含めて、月額約五万二千円の母の年金で充分まかなえる。これには本当に驚いた。

前節で紹介した『なんとめでたいご臨終』（岐阜県で在宅医療をやっている小笠原文雄医師の著書）には、家族が身体的な介護をできなくても、一人暮らしでも、様々な介護サービスを利用すれば最期まで自宅で過ごせると、多くの実例を挙げて書いてある。

正直、それを知って安心した。同居している十一歳年上の兄は、過去三度の脳梗塞に見舞われ、左膝骨折の後遺症があり、介護度は要介護2に上がってしまった。もしこの先兄が寝たきりになったら、とてもじゃないが、私には在宅介護する自信がない。母のオシメは平気で替えられたが、兄のオシメは無理だ。施設に入れるしかないと思っていたが、それなら在宅介護が可能かも知れない。

関係の悪い親を介護しなくてはならない人にも福音だろう。これを読んで下さった方に「山口さんはお母さんと仲が良いから良いけど、うち、仲が悪いから」と言われたが、嫌いな親でも直接身体介護をしないで済むなら、何とか面倒を見られないだろうか？

実は先日、若い編集者に「今高齢の人は大丈夫でしょうけど、私が高齢になる頃まで、手厚い介護保険制度が保つとは思えない」と言われ、胸を衝かれる思いがした。そう、日本は少子高齢化が進んでいる。今のような福祉制度が将来も続くとは限らない。

それなら、死ぬまで元気でいるしかないと思う。目標はピンピンコロリ、「丈夫で長生き、突然死」だ。

少なくとも、死ぬまで自分の足で歩ける身体でいないと、辛い思いをすることになる。ボケてしまえば何も分らなくて楽かも知れないが、頭がハッキリしたまま動けなくなったら、悲惨この上ない。

私は母が受けた手厚い介護サービスに心から感謝している。しかし、それでも自分が同じ世話を受けるくらいなら、その前に死にたいと思う。

母には私がそばにいた。だから多少不本意なこと（男性の看護師さんにオシメ交換や摘便をされたり、とか）があっても、絶望しないでいられたと思う。母は最期まで悲観的にならなかったし、家ではずっと機嫌良く、穏やかだったから。

でも、私には誰もいない。

母と同じ年まで生きるとしたら、兄はもちろん、次兄もこの世にいないだろうし、猫たちも死んでいるだろう。ひとりぼっちで、身動きできずにベッドに仰臥したまま生き続けるなんて、およそ耐えられない。延命なんてまっぴらだ。できるだけ早く、楽にあの世に行かせて欲しい。望ましいのは「尊厳死」だ。

もし自分の手で死を選び取れない状態だったなら、医師に手助けして欲しい。その場合は「安楽死」になる。しかし、日本では法律で認められていない。だが考えてみれば、自分の命の終わりを自分で決められないなんて、理不尽ではないか。

今の私は昔ほど死に恐怖感がない。年を取って、大好きだった人と猫がすでにあの世に行ってしまったせいだろう。別世界というより地続きの感覚だ。だから、ある程度納得できる年齢になって亡くなるのは、見送る側に悲しみだけではなく、想い出とか懐かしさとか、プラスの感情も残せるような気がする。

きっと、母が「天然ボケ」だったことも影響しているに違いない。内心は老いて哀しいこともあったはずだが、少なくとも認知症の症状が出てから、それを悩んだり嘆いたりはしなかった。何か失敗があっても、年齢による衰えと悲観的にとらえるのではなく、「ママ、昔からこうだから」と笑い飛ばしていた。母が最期まで明るくいてくれたことは、私にとっても二人の兄にとっても、大きな救いになっている。

くり返すが、私が母の年齢まで生きていたら、もう親族は誰もいない。いても棺桶に片足どころか、両足を突っ込んでいるだろう。だから、もし寝たきりになったら、尊厳死という選択肢を残して欲しい。老い先短い命なら、終わり方は自分で選びたい。

うちには兄と三匹のDVの激しい猫（七歳が二匹と五歳が一匹）がいる。彼らの最期を看取るまで、私には元気で生きている義務がある。

そのために食事はタンパク質とミネラルを豊富に取り、去年から「きくち体操」にも通い始めた。創始者の菊池和子先生は八十五歳。お元気で病気知らず。手本とするに相応《ふさわ》しい方だと思う。教室には七十代、八十代でお元気な生徒さんが何人もいらっしゃり、そういう方を身近で拝見するたびに私も励まされ、心強くなる。

目標は「丈夫で長生き、突然死」。

でも、お酒は毎日呑みます！

おわりに

『いつでも母と』は二〇一九年の一月末から十一月まで「女性セブン」に連載したエッセイ「母を家で看取りました。」に加筆修正を加えてまとめたものです。

連載の依頼を受けたのは昨年の一月四日、看取りのために母を病院から家に引き取り、最期の日々を過ごしている最中で、母の命の残り時間はすでにカウントダウンに入っていました。そんな時にもかかわらず、いえ、むしろそんな時だったからこそ、私は依頼を承る決心をしました。母がこの世を旅立ったあと、それまで二人で過ごしてきた日々、六十年の間に二人が出遭った様々な出来事を思い出し、文字に書き留めて行けば、それは消えることなく私の記憶に留まるだろう……そう思ったからです。これまで文章を書いてきた経験から、私には「記憶というのは書くことによってより強く脳裏に刻印されてゆく」という確信がありました。母の想い出をずっと記憶に留めるために、私は原稿を書き続けたのです。

私の決断は間違っていませんでした。過去のあれこれを振り返って書き進めるうちに、ずっと忘れていた出来事が次々と、まるで井戸から水が湧くように記憶の底から溢れてきて、自分でも驚き呆れました。私の半生がこれほど濃密に母と結びついていたなんて。

そして、気が付けば母を見送ってから一年が過ぎました。つい昨日のことのような気がするのに、時は人の心をまたいで通り過ぎてゆくのですね。

本文にも記しましたように、「エコちゃんが死ぬまでそばに置いといてね」という希望に添って、母の遺骨は壁一つ隔てた母の部屋に安置してあります。毎日、朝・昼・晩と、遺影を眺め、遺骨に手を合わせる日々です。母が遠くへ行ったのではなく、いつもそばにいるような気がするのは、そのせいかも知れません。

一月十八日は母の一周忌でした。その前日、お墓を買った小石川墓陵を訪れて、葬儀で使用した白木の位牌のお焚き上げと本位牌の魂入れをお願いしてきました。その儀式が終わり、一段落したのだとしみじみ感じます。「一つの節目を越えた」という感慨でしょうか。

最近、自分の将来について考えています。同居している兄と猫三匹を見送るのは義務として、その後どうなるのか？

一番ありそうなのは独居老人になり、死後数日して発見されるケースです。

マスコミではそれを〝孤独死〟と呼んで、さも気の毒なことのように扱いますが、一人で死んだから孤独死と決めつけるのは反対です。生前に豊かな人間関係に恵まれていれば、死ぬ時に誰かがそばに付き添っていなくても、一概に孤独とは言えないと思うのです。

私は生きている間は楽しい人間関係を保ちたいと願っていますが、死ぬ時は一人の方が気楽で良いように思います。余計な気を遣う必要がありませんから。どうせ助からないのに、赤の他人の医師や看護師に死に様を見守られるのは、鬱陶しい気がするのです。

今更ですが、人間、死ぬのは本人です。一人で川を渡って行かなくてはならないのです。代行業者は頼めません。

今、生涯未婚率が急上昇しています。五十歳までに結婚経験のない人は、二〇一五年に男性二十三・三七パーセント、女性十四・〇六パーセント。つまり男性は五人に一人、女性は七人に一人です。昭和の時代、日本人は男女とも結婚率九十五パーセント以上だったことを考えると、隔世の感があります。ただ、私としては九十五パーセントが結婚する社会の方に違和感を覚えますが。

熟年で婚活をなさる人が増えているそうです。その気持ちはよく分かります。良き伴侶に恵まれた生活は、心温かに満ち足りて、温泉に浸かっているような心持ちでしょう。伴侶を探している方たちには、心からのエールを送りたいです。

ただ、どれほど良き伴侶を得ても、必ず別れは来ます。カップルの多くは、パートナーに先立たれて一人になります。その覚悟は必要だと思います。

母は献身的な訪問医・看護師・介護チームのお陰で、自宅で息を引き取りました。その経験から私も病院ではなく、住み慣れた家で死にたいと願っています。多くの人がそう願っているでしょう。

実はうちの二軒お隣のお宅も、昨年暮れにご主人を在宅で看取られました。しかも、訪問医は我が家と同じ「しろひげ在宅診療所」の山中光茂先生でした。

在宅医療の輪は広がっています。一人暮らしでも、家族がいなくても、自宅で最期を迎えられるようなサービスを提供している医療チームが現実にあります。

皆さまがそれぞれに役に立つ情報を得て、満足できる生を全うされますように。

私と母の最期の日々を読んで下さって、ありがとうございました。

単行本化にあたっては、山中先生にお読みいただいた上で、内容を確認していただきました。山中先生には心から感謝申し上げます。

二〇二〇年一月十八日　母の一周忌に

山口恵以子

対談

山口恵以子 × 山中光茂

—在宅医—

「自宅で最期を看取るために知っておいてほしいこと」

「私はあまりにも情報を持っていなかった。もしもあのとき知っていたら、と思うことがすごく多い」—そう後悔を口にするのは、山口恵以子さんだ。最愛の母・絢子さんと過ごした最期の日々をあたたかな筆致で綴った本作『いつでも母と』を読むと、母の認知症発症から介護、自宅での看取りまで、戸惑いと不安の中、家族が決断しなければならないことがいかに多いかがわかる。突然やってくる親の異変にどう接すればいいのか、そして在宅医療の光と影について、山口さんと絢子さんの主治医・山中光茂さんが語り合った。

やまなか・みつしげ
しろひげ在宅診療所院長。1976年生まれ。慶応義塾大学法学部、群馬大学医学部卒業。2009年三重県松阪市長に。2期務めた後、四日市市で在宅医療に従事。その後、東京都江戸川区で在宅医として勤務後、2018年「しろひげ在宅診療所」を開設。

「介護も看取りも大変だけど
それぱかりじゃありません」

――山口恵以子さんが母・絢子さんを住み慣れた自宅で看取ったのは'19年1月18日のこと。その最期の日々を、在宅医として母娘に寄り添っていたのが山中光茂さんだ。「先生のおかげで母は幸せな最期だった」と山口さんが思うまでの道のりは、後悔と逡巡の連続だった。

山口　おかげさまで、自宅で母と最期の時を一緒に過ごせる幸せを感じながら、見送ることができました。これは山中先生をはじめ、皆さんから充分なサポートをしていただいたからだと感謝しています。

山中　山口さんのご家族がずっとお母さまのそばにいて、愛情を注いでいらっしゃったからですよ。

――絢子さんは近所の病院に通っていたが'18年に入って食事がとれなくなり病状が悪化。通院に不安を感じた山口さんは、2月から山中医師に訪問診療を依頼した。

山口　あの頃、母の足元も不安になってきて。無理をすれば通院もできたのでしょうが、けがをしたら大変なことになってしまう。不安に思ってケアマネジャーさんに相談したら、山中先生を紹介してくださって。本当にいい先生に巡り会えて幸運でした。

山中　最初にお母さまにお会いしたときは、脚が弱っていらっしゃるとはいえお元気で、重症度が高い患者さんではありませんでした。

山口　そうなのですか？

山中　知らないかたも多いのですが、基本的に訪問診療は、病院に通えない人が受けるもの。私の診療所には約500人の患者さんがいますが、がんの終末期療養が3分の1。ALS（筋萎縮性側索硬化症）など難病で動けないかたやひとり暮らしのかたもいます。ただし、山口さんのように、ご家族の介護負担や通院リスクを考慮して引き受けることもあります。

山口　先生に初めてお目にかかったとき、「受け持っている患者さんの9割が80歳以上です」とおっしゃっていましたね。それを聞いて、ああ、お年寄りを見慣れておいでだから、これは安心できると思ったんです。

山中　山口さんはね、今日はこんなにきれいな格好をされていますけど、ご自宅では全然違うイメージでした。

山口　いつもパジャマやエプロン姿で、髪の毛もグチャグチャ（笑い）。

山中　山口さんは本当に〝いつでも母と〟一緒にいらっしゃった。プロであるヘルパーさんよりもお母さまの介護をなんでもされていて。これは山口さんに限った話ではなく、家族が医療者や介護者以上にいろんなサポートをされているケースは多いのです。

山口　でも母の介護は楽でした。私が母に介護といえるようなことをしたのは、'18年の秋から母が亡くなるまでの2か月に満たない期間ですから。それまで母は自分の脚でなんとか歩いていました。トイレやお風呂の介助はありましたけれど、寝たきりの介護に比べたら……。

山中　でもお母さまのわがままを、いつも優しく聞いてあげていらっしゃったじゃないですか？

山口　言ってもわからないから、聞くしかありません。でも、100万円の指輪を買ってほしいと言われたら困るけど、「あれが食べたい」「これは嫌だ」という程度なので。

山中　山口さんはそうおっしゃるけど、ご家族がずっと介護をされていると、やっぱり大変なことも多いですし、当然、介護疲れも出てきます。

山口　私は専業作家になって、ある程度時間にも経済的にも余裕ができたのが大きいと思います。食堂に勤めていた頃は、ちょっとした言動でキーッとなったこともしょっちゅうでした。ただ母は、独身の娘と息子と同居していて、家族仲がとてもいいんです。そんな環境で甘えてしまうのは仕方がなくて、ケアマネさんも「実の娘さんと暮らしているかたは、どうしてもわがままになるんです」って。

山中　介護って長丁場。ご家族にはいつも、「ある程度のいい加減さが必要」とお話ししています。そのいい加減な部分を、外部の介護者によるサービスで支えてもらうことが大事。私が担当するかたの多くがひとり暮らしです。遠く離れたご家族が時々来るけど、認知症で寝たきりのこともある。でも介護サービスを上手に使えば、うまく在宅で過ごせるんです。

――山中さんが絢子さんを訪問診療していたのは約1年間。それ以前は定期的に大学病院に通院していた。

山口　ああいう大きな病院では毎回、尿検査と血液検査をするんですね。予約時間より早く着いて検査を受けても、結果が出るまで先生にお目にかかれない。午後1時に病院に行っても出るのは午後5時頃。散々待たされ、私も母も疲れ果てていました。

山中　そのお気持ち、よくわかるなぁ。私も総合病院で働いていた頃は、外来で半日に50人の患者さんを診ていました。待ち時間は長いのに、診察はあっという間。患者さんを丁寧に診るのは難しいんです。

山口　先生は家にいらっしゃったとき、いつも時間をかけて丁寧に診察をしてくださいましたね。

山中　それでも充分な時間とはいえないのですが、在宅ではご家族からも普段の状況を聞くことができるので、血液検査をしなくても、ちょっと調子が悪そうだなとか、貧血気味だとか、聴診や触診、顔色でわかるものです。そのほか、私たちは横断的に診るので、薬を半分以下に減らしたり、コントロールできるメリットもあります。

山口　大学病院ではいろんな先生に診ていただきましたが、どの先生も患者ではなく、コンピューターしか見ていなかった気がします。必ず母の顔を見て直接血圧を測ったり、手や脚を触ったりしてくれたのはおひとりだけでした。

山中　いくら技術がある有名な医者でも、患者さんの話を聞かなければ病状はわかるわけがありません。大きな病院のメリットは高度な検査ができることですが、実際には血液検査や尿検査はデータとして取るだけで治療につなげていないことも多いですし、ムダが多いと感じます。

山口　あの頃、母は自力で歩けましたし、緊急を要するような病状ではありませんでした。いまから思えば、定期的に薬をもらうだけなら、あえて大学病院に行く必要なんてなかったんですよね。主治医が近所の医院に移ったのをきっかけに、大学病院に行くのをやめました。

――'18年9月、絢子さんは直腸潰瘍からの出血により大学病院に救急搬送。以後寝たきりになった。このとき、回復が見込めずに療養型病院への転院をすすめられた山口さんは「もう助からないなら、私が家で面倒を見る！」と、兄たちの心配を押し切って在宅での看取りを決意。「病院でできることは在宅でもできますから、大丈夫」と言う山中さんの言葉もあり、10月末に自宅に連れて帰った。

山口　それまでの母はゆるやかに下降線をたどっていたので、このまま少しずつ弱りながら、100歳くらいまで生きるのかなと能天気に考えていたんです。母が嫌がる訪問リハビリをもう少し無理に続けていれば結果が違ったのかな、と後悔することもあります。

山中　うーん。でもお母さまは無理な治療や投薬をせず、最期の時間を大切な家族と一緒に、穏やかに過ごされたのではないかな。最期まで、ご家族の愛情に包まれていらっしゃったと感じます。

山口　でも亡くなる2か月前には脳梗塞の症状があり、迷った末に救急車を呼んだことがありました。自宅で看取ると決意して母を連れて帰り、まだ1週間しかたっていないのに。ここで病院に行ったら、母が精神的ダメージを受けるのではないかと悩みましたが、家に来た看護師さんに「そんなことを言っている場合じゃない」と言われて、覚悟を決めて救急搬送してもらったんです。幸運なことに精密検査で異常が見つからず、すぐ自宅に戻れましたが。

山中　あのとき山口さんは悩まれていたけれど、当然のことですよ。逆に、病院に行かずに何かあったら、後悔したかもしれません。つまり、医療の選択ってすべて結果論なんですよね。何が正しいか、答えなんてないんです。

山口　私、母がこんなに早く亡くなるとは思っていませんでした。急に寝たきりになり、あっという間にいろいろ事態が変わるなかで、延命治療について決めなければいけなかったりして。ただ母とは仲がよかったので、何をいちばん望むかを知っていました。痛くないよう、苦しまないようにしたいという思いだけは変わらずにありました。

山中　それだけわかっていれば充分だと思いますよ。結局、事前に「胃ろうをしない」「点滴は入れない」などと決めていたとしても、「やっぱり胃ろうをお願いします」と言われることもあります。でも、それはわがままじゃなくて、やっぱりその場にならないと決められないことってあるんです。

山口　状況に応じて考えは変わるってことを、あのときは実感しました。

山中　人間ですから変わって当たり前。一度決めて気持ちが変わったら、また考え直せばいいんです。そのときに医療者は上から目線で「○○であるべき」と言うのではなく、患者さんやご家族の気持ちに寄り添うことが大事だと思います。だってご本人やご家族が誰よりも気持ちや体の状態のことも知っているんですから。

山口　私は山中先生と考えが一緒だったから本当によかった。

山中　例えば、私は終末期の患者さんには栄養点滴をすすめません。なぜなら延命効果はほとんどないし、患者さんを苦しめることがあるからです。体が浮腫《むく》んでパンパンになるから今度は利尿剤を入れて、のくり返しです。でも亡くなる数日前にほんの少し点滴を入れてあげることで「最後のご飯を食べられた」とご家族が満足されることもある。そこはもう、医学的にこうあるべきという範疇ではなく、その時々の〝ご本人とご家族の思い〟なんですよね。

山口　亡くなる3週間前、栄養を入れていたポートを外しました。先生から「平均

2週間くらいで亡くなりますが、急変の可能性もあります」と言われたのを覚えています。

山中　医師としては、ご家族に何もしない選択肢を提示するのは、心苦しいところもあります。でもお母さまの場合、最期の時間が近づいているのがわかりました。そういうときは何もしない方が、最期まで穏やかに苦しまずに逝ける。仮に点滴栄養を入れていたら、命が1～2週間長くなったかもしれませんが。

山口　いえ、私は点滴を抜くことで、母が楽になってよかったと思いました。「2週間」と言われたのに、3週間も生きてくれましたしね。

山中　年末に「うまくお正月を迎えられるといいですね」というお話を山口さんとしましたね。

山口　心安らかなお正月でした。母はお雑煮のおつゆを一口だけ飲んで「おいしいね」って。

山中　その頃は2日に1回はご自宅に訪問していて、最期の1週間は毎日、山口さんのところからお声がかかるかもしれないと思いながら、床についていました。

山口　亡くなる4日前に尿が止まりました。岐阜で在宅医療をやっていらっしゃる小笠原文雄《ぶんゆう》先生の『なんとめでたいご臨終』（小学館）を読んだら、「亡くなる4日ほど前に尿が止まる」と書いてあったので、いよいよ迫っているなと。

山中 亡くなる3日前に伺ったときに、肛門が開いて便が緩やかに止まらなくなりましたね。1月に入って時々、苦しそうに呻かれていることがあったので、座薬を入れていましたが、もう肛門が開いて出てきたので、それもやめて。出すものをすべて出して、でもきれいに苦しまずにやせていかれて……人って、最期は何もしない方が穏やかに逝けるんです。

山口 前日には「もう尿は出ないから、導尿の管を外してもらいたい」と連絡して、母は煩わしいものから完全に解放されました。本当に穏やかな最期でした。

山中 人は病気で亡くなるのではなく、誰しも必ず死ぬものです。最期は病気にとらわれず、緩和治療をして痛みさえ取ってあげれば、病院では見ることができない幸せな最期を迎えることができるんです。年間200人以上をお看取りさせていただいていますが、お子さんが笑顔でご遺体と写真を撮ったり、お孫さんが一緒にお化粧をしてあげたりするケースもある。山口さんのお母さまも、幸せな看取りのひとつの典型です。

在宅診療所の多くの「24時間対応」はコールセンターで受けるだけ

山口　私は当初、山中先生が年間200人ものかたの看取りをされていることを知りませんでした。昨年、ご近所のお宅もやはり先生にお世話になってご主人を自宅で看取られたと聞き、在宅での看取りが増えているのを実感しています。

山中　実は、在宅での看取り自体はそれほど増えているとはいえない現状があります。在宅医療のクリニックや介護施設は近年かなり増えて、在宅医療を受けていらっしゃるかたは増えていますが、自宅での看取り率は13%ほど。「最期は自宅で」と望む人の多さに比べて、医療が対応できていない現実があります。

山口　およそ7割のかたが在宅での看取りを希望していらっしゃるというデータがありますよね。山中先生のご多忙ぶりを見て、てっきり増えているんだとばかり思っていました。

山中　いくつか理由がありますが、1つは、多くの在宅診療所が「24時間対応」を掲げていますが、実質的にそうなっていないこと。私の感覚的には9割以上の在宅診療所が、土日や夜間はコールセンターで対応しています。
コールセンターにいる医師は、普段診てくれているかかりつけの医師ではなく、夜間アルバイトの医師や看護師。彼らは、その患者さんやご家族の思いを知りません。電話口でパニックになった患者さんに対応しきれずに、救急車を呼ぶことになります。その結果、総合病院に救急搬送されて、そのまま亡くなるかたや、望まない延命治療をされるかたは少なくないんです。

山口　そんなことがあるんですね……驚きました。それでは確かに24時間対応とは呼べませんね。

山中　そう、24時間電話は受けます、というだけ。いくつもの診療所を経営する、ある有名な医療法人は、都心に1か所だけコールセンターを設けて、そこに医師を2人置いて、そこですべて対応しています。でも、例えば山口さんの住む江戸川区のかたが急変して深夜に電話しても、場所も遠いし、行くのも大変ですよね。何より責任を取りたくないから、「救急搬送しておけば」となるんです。救急対応と在宅医療とは全く意味が異なります。だから在宅医を選ぶときは、夜間対応のあり方をきちんと診療所に聞いて、見極めてほしいと思います。

山口　初めて山中先生がうちに来てくださったときは別の機関にお勤めでしたよね。

そこをお辞めになったら、先生がいまおっしゃったようなバイトのお医者さんが母の担当になって……。私は先生を信頼していたから、新しく開設した診療所で継続して診てもらったんです。

山中　多くの在宅診療所が大学からの週1回のバイト医師を使って日常の訪問診療をさせることが多いんです。私はそんな体制が嫌で、夜間は自分が全部責任を持って担当すると言ったんですが、ダメだということになりました。

新しいクリニックはゼロからのスタートでしたが、1年経って、いまは500人の重症度の高いかたを中心に診ています。正直、最初からいままで昼も夜もすべてひとりで往診の責任を負ってきました。最近やっと任せられる常勤の医師が育ってきたので、少しずつ責任の分担をしてもらおうと思っています。

山口　皆さん、先生の思いを共有されているわけですか？

山中　医師も相談員、看護師もすべて常勤で「謙虚であること」を徹底しています。在宅でそのかたの幸せを作る上で大事なのは、医療技術や行動だけではなく、ご家族やご本人の思いを尊重すること。医師はいちばん底辺でいなければならないんです。私たちは、バイトや非常勤ではなく医師も職員も常勤で雇用し、患者さんへの思いを共有して働いています。

山口　開業している先生って、ある種、客商売なので、まだきちんとしているかたが多いのですが、大学病院の先生はこちらの顔も見ない、変人みたいな人も結構いますよね。

山中　結構というか、ほとんどですね（苦笑）。

山口　母が亡くなる少し前、足が腫れていて、元日なのにお電話したことがありましたよね。すぐに往診してくださって、「慌てふためいて救急車を呼んだりしたらダメですよ。穏やかに寄り添って見守ってあげてください。すぐに伺いますから」とおっしゃってくださいました。

山中　あのときのお母さまは、穏やかな最期に向かってゆっくりと歩いている状態でした。私は別に救急搬送がすべて悪いとは思っていないんです。例えば脳梗塞の疑いがあったとき、山口さんも救急搬送するかとても悩まれましたよね。でも、ご高齢の患者さんになると、小さな脳梗塞が起こる場合はよくあります。

病院に運ばれたからといって何ができるのか。若い時期の脳梗塞でなんとか「治したい」ときと、加齢に伴う変化の中で意識状態が悪くなり看取りが近い状態でどうするかでは、意味合いが違うはずですが、病院の医師は「治そう」とします。

しかし、それによって、かえって患者さんを苦しめることがありますし、逆にご家族はそれで満足感を持つかたもいます。つまり家族の「ある選択肢」が正しい、正しくないという話ではないと思っています。私たち医師の役割は、こうやるべきだと押し付けるのではなく、ご家族に可能性をいろいろ提示しながら一緒になって考えること。なるべく一緒に考えられるような雰囲気を作ろうと思っています。

山口　私は母の容体に変化があったとき、先生や看護師のかたにご連絡できたことで、どれだけ安心できたか。救急車を呼んだときも、先生たちに伺った上で判断できたので後悔せずに済みました。でも実際には、ご家族がパニックになって瞬発的に救急車を呼んでしまうことで、本人の希望が叶えられないことも多そうですね。

山中　普段の往診のときから、何かあったときは119番ではなくまずは診療所に電話をしてくださいと伝えています。私はいつ電話がかかってきても対応できるよう、ベッドでもすぐに動ける服をいつも着ており、寝るときも枕元に携帯電話を置いています。それでも救急車を呼んでしまうかたも少なくありません。

東京都では、患者の家族が延命措置を望まない場合、かかりつけ医師の許可を得て、延命措置を中止する方向性を出しました。ただ、そのような「家族との最期の時間」では、かかりつけ医の意向も無視していいと思います。現場の救急隊が「患者や家族の思いに寄り添う」そんな仕組みになればいいと思っています。

山口　ぜひそうなってほしいです。高齢者に心臓マッサージをやったらあばら骨が折れてしまいます。若かったら別ですが、母は91歳でしたから痛い思いはさせないでほしいと、ずっと思っていましたから。

――国は「地域包括ケアシステム」の構築を進めており、病院、診療所、介護施設が連携することで、住み慣れた地域で自分らしい生活を最期まで続けられることを目指している。その一環として行われているのが「退院前カンファレンス」だ。入院患者が在宅医療に移行する際には、必要に応じて患者本人や家族、ケアマネジャー、病院の医師や看護師、在宅医療機関が集まって情報を共有し、今後の療養生活について話し合うのだが――

山中　私は退院前カンファレンスに必ず同席しますが、多くの在宅診療所からは事務員が行くことが多いようで、在宅医が来るのは珍しいと言われます。でも病院と在宅診療所の方針が異なると、家族が混乱してしまいます。ご家族が本当に在宅でいいのか、まだ悩んでいることもある。

病院の医師が親切心で「通院しながらまだ治療できますよ」「困ったらいつでも戻っておいで」と言うこともあり、気持ちが揺らぎやすいんです。その患者さんの「揺らぎ」に寄り添うためにも在宅医として立ち会うべきだと考えています。

山口　私の場合は、迷いはありませんでした。在宅で看取ると決めてから、先生に相談しました。

山中　ご家族とはどう話し合ったのですか？

山口　回復の見込みがないので大学病院から療養型病院に移ることになり、病棟を見学したところ「姥捨て山」に見えたんです。「こんなところで母を死なせたくない」と息巻いたところ、兄は「できるならそれがいちばんいい」と。円満に在宅介護が決まりましたが、家族で意見が分かれることもあると思います。そんなときはどうされるのでしょうか。

山中　私がご家族の間に入って議長のようにまとめる役割をすることがあります。在宅医療だと入院に比べて「家族の負担」が大きいと思って反対されるケースもありますが、必ずしもそうではありません。実際、私の患者さんの中には、ひとり暮らしのかたもたくさんいらっしゃいます。それに意見を強く主張するのは、時々来るだけの遠距離に住む親族だったりするんです。そうしたかたも含めて患者さんの家族の生活背景にどれだけ寄り添えるか。医師がその場に行って、たとえ何もしなくても寄り添ってあげるだけで、ご家族は納得できる部分があるんですね。現場でのさまざまな「揺らぎ」に寄り添うことが、国が言うような定期的、形式的にやる仕組みではなく、本当の意味での「共に歩む人生会議」だと思います。

病院から自宅に戻って在宅介護をする上で欠かせないのがケアマネジャーだ。要介護認定を受けた人が適切な介護サービスを受けられるようにケアプランを作成し、事業者との連絡や調整を含めて利用者の介護サービス全体をマネジメントするキーパーソンだが、そこにも問題があるという。

山口　私の場合、山中先生を紹介してくださったのもケアマネさんだし、母がデイサービスに行きたくないとわがままを言ったときも、優しく言葉をかけてくれたりと、本当にお世話になりました。幸せな最期を迎えるために、ケアマネさんとの出会いは大事だと思います。

山中　いま問題になっているのが、ケアマネの9割が併設型といって、施設などと一緒になっている事業所に所属している人が多いことなんです。併設型がすべて悪いというわけではなく、患者さんの情報を共有できるメリットもあるんですが、家族が望んでいない過度なデイサービスを勧めたり、在宅介護を求めているのに「施設の方が楽ですよ」と勧めたりするケースがあるんです。

でも、大事なことは、家でも介護できるし、介護に疲れたときは一定期間施設で見てもらうショートステイもある、デイサービスもある、医療的な需要の高い人には2～3週間のレスパイト（息抜きを目的とした短期）入院もある。そうしたいろんな選択肢を、ご家族に寄り添って提示できることですよね。「利益誘導型」のケアマネは地域包括ケアシステムを形骸化させてしまいます。

山口　母は「要介護5」になるまで介護サービスをほとんど利用しませんでした。手すりをつけて、車いすを貸してもらったくらい。効率の悪い客だったのかもしれません（笑い）。

山中　それが本来あるべき姿ですよ。ケアマネもそうですが、在宅医だって合わないなら替えたっていい。私のクリニックには月60件くらい新規の患者さんが来ますが、3分の1はほかの在宅医療機関から移ってくるかたです。

いまは患者さんが医療機関を選ぶ時代。最期の時間に誰とかかわり、どう過ごすかは、ご本人とご家族の幸福度に影響しますから。

山口　たとえ家族がいなくても、自宅で最期を迎えられるようなサービスを提供している医療チームが現実にあることを、たくさんの人に知ってもらいたいです。

（「女性セブン」'20年3月19日号、4月9日号に掲載された対談を再構成したものです）

文庫版あとがき
四年目の感慨

早いもので、母が亡くなって三年が過ぎた。母と過ごした日々は私の感覚では昨日の延長線上にあるので、三年も経ってしまったことに戸惑いを覚える。

『いつでも母と』にも、母が亡くなってからも遠いところへ行ってしまったという実感がない、今もそばにいるような気がする……と書いたが、その気持ちは今も変わらない。

母の遺骨は隣の部屋にあり、私は毎日「おはよう」「行ってきます」「ただいま」「今日こんなことがあってね」と、生きていた頃と変わりなく話しかけている。

せっかく文庫版に向けて新しくあとがきを書いているのに、内容は三年前と代わり映えがしない。

実のところ、これも年を取った証拠だろう。私は四十半ばくらいから、ある出来事が一年前か三年前か五年前か、ハッキリ区別できなくなった。今や二〜三年前かと思ったら十年前だったなんて、ザラにある。時間感覚が大いにアバウトになってしまった。

もし私が三十歳で母を喪《うしな》っていたら、三年後の実感は、死の直後とは大きく違っていたと思う。

それでも、三年の間には生活上の変化があった。

まずは同居している長兄が糖尿病から腎不全を発症し、人工透析になったこと。人工透析をすることになり身体障害第一級に認定されたので、兄は障害者手帳を交付された。そして週三回、透析クリニックの送迎バスに乗って、透析に通っている。辛い治療ではあるが、症状は明らかに改善した。

そしてここでも私は日本の保険制度の手厚さに驚かされた。人工透析患者は東京都福祉保健局から「マル都」と呼ばれる医療費助成があるのだが、兄は年金生活者なので、ひと月一万円の費用で治療が受けられるのだ。おそらく同様の制度は、日本全国の地方自治体で施行されていることと思う。

もう一つは地方出張へ行くようになったこと。

四年ほど前に『本所おけら長屋』シリーズの著者畠山健二さんと知り合って、以来親しくさせていただいている。畠山さんはデビュー以来、日本全国の書店さんを回って『本所おけら長屋』をアピールし、今や累計百五十万部超えの人気シリーズに育て上げた。

その畠山さんに「書店員さんに応援してもらわないと、俺たちみたいな〝頑張らないと売れない作家〟はダメだよ」と諭され、昨年から地方の書店回りに同行して、一緒にトークショーなどやらせていただくようになった。

これまで性格も体格も〝デ不精〟だった私が、たった一年で北海道から九州まで制覇してしまったのだから、いかに畠山さんが精力的かお分かりいただけるだろう。

私は作品を書き上げるまでの努力はしてきたが、作品が本になったあとの努力はあまりしなかった。書店回りは都内が主で、メディアの取材が来れば精一杯応じたが、取材を待つ受け身の努力だ。

畠山さんのお陰で、全国の書店を回って書店員さんに応援していただけるよう、能動的な努力が出来るようになった。これからの作家生活を考えると、この違いは大きい。

出張中は介護ヘルパーさんを頼んで兄の面倒を見てもらっている。しかし、もし母が存命だったら、頻繁に地方には行けなかったと思う。母のことが心配だし、母もきっと寂しがっただろう。

ところで畠山さんに「どうしてこんなに良くしてくれるの？」と尋ねたら、「俺はホントは女流作家は苦手なんだよ。みんな変人だし気難しいしさ。そこいくと山口さんは楽で助かるよ。酒さえ呑ましときゃ文句いわないし」でした。

そして、母が亡くなったことで大きな発見をした。

今年、土地登記の名義を母から私に書き変えた。人が亡くなると故人の経済状態に関係なく三千万円と、法定相続人一人当たり六百万円が相続額から控除される。母の資産は父の遺族年金と土地建物だけだったが、家は築三十年超で資産価値はなく、土地も江戸川区の評価額は控除額に及ばず、相続税は発生しなかった。それで亡くなってから三年も放っておいたのだが、どうやら近々空家対策で法律が改正されるらしく、遅まきながら手続きに入った。

その際、母の戸籍謄本が必要になったが、実は戸籍謄本は何種類もあって、普通の謄本（戸籍全部事項証明書）の他に改製原戸籍謄本というコンピューター化される前の手書きのものと、その戸籍に在籍している人が誰もいなくなった除籍謄本というものがある。

相続の手続きをするためには、亡くなった人の出生から死亡までの全生涯の軌跡を記録した戸籍謄本が必要なのだ。母は一回結婚して長兄を連れて離婚し、父と再婚したので、戸籍の書類は三通に分かれていた。

驚くべきことに、それらを見れば母の生涯はもちろん、母方の家族の動向がひと目で分かる。遠い昔、私が生まれる前に叔父が離婚した相手の両親の名前まで記載されていて、心底驚いた。

母の全生涯の戸籍謄本を見て、しみじみと思った。

私は多分一生結婚しないまま、子供もなく死んで行く。私のことを覚えている人がいなくなったら、最初からこの世に存在しなかったかのように、誰にも見向きもされずに忘れられてしまう。でも、国の公式の記録には、私の全生涯の軌跡が残されている。

これは救いではないだろうか。

今は男性の四人に一人、女性の七人に一人が五十歳時点で未婚だ。そのまま一人で亡くなる方も少なくないだろう。誰の記憶にも残らず死んでいっても、国の記録はその人の全生涯を受け止めている。

生きている間は戸籍が必要なのは入学と結婚くらいで、あまり身近ではない。だが、亡くなった途端、戸籍の重要度は増してくる。

母を喪っていなければ、こんな感慨を抱くこともなかった。死して尚、母は私に大切なことを教えてくれた。

相変わらずの親バカならぬ子バカな雑文で、お許し下さい。

二〇二二年三月一日

山口恵以子

解説　幸福なおわかれ

桜木紫乃

山口恵以子さん（以下エーコさん）と初めてお目にかかったのは、「月下上海」で松本清張賞を受賞された際の授賞式だった。当時「食堂のおばちゃんが小説家に」という見出しでずいぶんとメディアに取り上げられたのを、覚えておられる方も多いだろう。

彼女が授賞式会場に入場する際、わたしはちょうど扉のすぐ近くに立っていた。案内役の黒服の後ろを、緑色のイブニングドレスで颯爽と歩みゆく山口恵以子を間近で見ていたのだった。あの美しいデコルテと肩甲骨を、今でもかなり鮮明に覚えている。

食堂のおばちゃんは、何においても型破りだった。受賞の挨拶でマイクを握るやいなや「『月下上海』はいい小説なんです、これを認めた文春はすごいです」と一発ぶちかましました。きらびやかなイブニングドレスに身を包み、ステージのぎりぎりまで歩み出てのひとことに当時の社長が驚いて、同じくらいぎりぎりの場所まで歩み寄って、礼を言ったのではなかっただろうか。

度肝を抜かれるというのはああいうことを言うのだろう。ここ一番で確実にウケる場面を提供できる「この人は本物のエンターティナーだ」と、あの日あの場所にいた誰もが思ったに違いない。私も本気でそう思ったし、今もそれは変わらない。

二次会の席でワイワイガヤガヤとなってから、やっとご挨拶が叶ったのだが、既に酒が入り気持ちよくなっている我々はいきなり「エーコねえさん」「しの」と呼び合い、お互いの立ち位置を一ミリのブレもなく確認し合ったのだった。

以来、パーティーで会うたびにお互いの元気な表情に安心してきたのだったが。昭和中期の生まれである私たちは、（おそらく）用もないのに連絡を取り合うというのが億劫で、未だに電話番号も知らないまま（それでも成立する）よい関係を続けている。

会えるのはせいぜい年に一～二回なのに、会えばたいがいの空白は埋められる不思議。

ある年の、これまた清張賞の授賞式、エーコさんの何代か後のニューフェイス登場の際、わたしたちは授賞式会場であるホテルのロビーでしっかりばったり、約束していたみたいに再会した。

いつもはほとんど表情を動かさずに「元気だったのかい」と仇っぽく声を掛けてくれるエーコさんなのだが、その年はちょっと違った。ふっと笑顔にえくぼなどを見せて、なにか印象が柔らかくなっている。その日お召しのとても上質な紗の着物のせいかな、いやどうしたんだろうと思っていると、彼女はすっと私の手を握ってスタスタと会場へ向かって歩き出した。

この展開は新しいぞ、どうしたどうした、と思っているところへ彼女が繋いだ手にぎゅっと力を込めて言った。

「わたしもいろいろあったよ、母も亡くしたし」

あまりにさらりと口にするのと、不意打ちだったので「うん」としか返せなかった。彼女のまとった雰囲気がベール一枚ぶん柔らかだったことを、ここで告白させてもらう。

あの日は、お母様を看取って半年も経たぬ彼女だった。まるで当時の印象の答え合わせをするように、本書を読むこととなったのも、ご縁のひとつだろう。

本書はエーコさんが、母と娘の「お別れ」を中心にして、ご自身のそれまでを記録した一冊だ。彼女が兄ふたりのいる末っ子のひとり娘であったことも、この一冊で知った。百人のひとり娘には、百人の母がいる。もうその家族構成とポジションだけで無数のドラマがスカッと立ち上がってくる。

しかし著者は山口恵以子である。生粋のエンターティナーと、先にも書いた。作家が書く家族の記録であるから、面白くないわけがない。一切の脚色なしでも、エーコさんが書けば面白くなってしまう。差し込みに振り込め詐欺に引っかかる話、認知症となったお母様のとぼけたひとことに「ねえママ、今包丁持ってたら、間違いなく刺してるよ」というひとことを持ってくるバランスとセンス。

それが、ひとりの作家が必ずひとつ持つといわれる「文体」なのだろう。どこをしぼりどこに重きを置くかで、体のサイズ同様に文章全体のプロポーションが違ってくるのだ。

どんなに器用な作家でも、文体はひとつしかないと思っている。

旅立った母親を偲んでいるはずなのに、なんでこんなに可笑しいのかと思ったが、おそらくこの作家の筆は湿っぽいことも嘘も見栄も好まないのだ。

家も人、文も人だ。そして何より、旅立たれたお母様がそのような、さらし木綿のような方だったのではないかと思う。

娘として生まれたからには、母親の一生を通して学ぶことは多い。

作中の一文によれば、エーコさんは「自分のなにもかもを母に話し、母も娘を頼りきっていた」。とある。敢えてふたりの辿ってきた道筋を正直に書くことで、この関係は肯定され、救われてゆく。

お父様が亡くなったのを境に認知症の症状が出始めたお母様を、エーコさんは「介護」という自覚なく「お世話」する。

しかしそこは小説家なので、ときに情け容赦のない言葉を自身にもあてる。曖昧なことは一切しない。他者を観察する視線を自身に向けるのだから、つらくないわけはないのだが、つらいとはひとことも書かれていない。これが書き手の「主義」で「文体」なのだ。

エーコさんはお母様との関係を「良好」なのではなく「癒着」であり「共依存」だった、と書いている。「人間関係がふたりで完結してしまい、母親は他の社会的繋がりの一切を拒否し、娘に依存していた」そうだ。

こう書くとなんという残酷な関係かと思われるだろうが、そこは独自の膂があってこその一冊。悲惨な経験談でも過剰な反省でもない。そこにあるのは自身を幸福にし、誰を恨むこともない「肯定」だった。

エーコさんは泣かない。心地よく咲ける自身の置き場所を決めた上で、試行錯誤しつつ自分にとって幸福な母との別れを探し、それを実践した。

一緒にお母様を看取らせてもらったような錯覚は、わたしがこれから行く道を照らしてくれるだろう。本書は、親をなくすという大切な儀式の参考書《テキスト》だ。

母と娘について、なにが望ましいかたちなのかはまだよく分からぬ若輩も、この流れるように美しい別れには胸を摑まれた。ふたりの日常が少しずつ変化してゆくさまを、深刻ぶらずに綴る筆には、ある種の神々しさを感じている。

母にはもう親がなく、娘もまたひとり。

それぞれに伴侶のない、ふたりしかいない世界で完結するお別れはひどく現代的でもあるし、壮絶で美しい物語を読むようでもある。

言えるのは、お互いに母をまっとうし、娘をまっとうしたということだ。

このふたりにしか得られない、幸福な別れだったと思う。

書いていて、いま気づいた。いつかパーティー会場でわたしの手を握ったエーコさんの、あの手のひらはお母様が感謝の気持ちで握った、その手なのだった。

本書のプロフィール

本書は、二〇二〇年三月に小学館より単行本として刊行された作品に、単行本未収録の対談やエッセイを加えて文庫化したものです。

小学館文庫

いつでも母《はは》と
自宅《じたく》でママを看取《みと》るまで

著者 山口恵以子《やまぐちえいこ》

二〇二二年四月十一日　初版第一刷発行
二〇二四年五月二十九日　第五刷発行

発行人　川島雅史
発行所　株式会社 小学館
〒一〇一-八〇〇一
東京都千代田区一ツ橋二-三-一
電話　編集〇三-三二三〇-五五八五
　　　販売〇三-五二八一-三五五五
印刷所――――大日本印刷株式会社

ISBN978-4-09-407136-8